너
없
이
걸
었
다

걸어본다
05
뮌스터

허수경 에세이

너 없이 걸었다

ㄴㄴ〉〈ㄷㄴ

Contents

Prologue

로렐라이Lorelei

— 하인리히 하이네Heinrich Heine, 1797~1856

나는 모르겠네, 이것이 무엇을 뜻하는지,

내가 왜 이렇게 슬픈지

오래된 시간에서 흘러온 이야기가,

내 생각에서 나가지를 않네

공기는 차고 어두워지네,

그리고 라인 강은 조용히 흘러가네

산꼭대기는 반짝인다

저녁 햇살 속에서

가장 아름다운 처녀는

저곳 위에 아름답게 앉아 있네,

그녀의 황금빛 장신구는 반짝이고

그녀는 황금빛 머리를 빗네

그녀는 머리를 빗는다, 황금빛 빗으로,

그리고 노래를 부르네

그 노래는 놀랍고도,

강렬한 멜로디를 가졌네

작은 배에 탄 선원을

노래는 거친 비탄으로 사로잡네

그는 암초를 보지 않고

다만 위로 높은 곳만 바라보았네

내가 믿기로, 물결은 집어삼켰네

끝내 선원과 배를

그리고 그건 노래로

로렐라이가 한 일이라네

뮌스터Münster, 당신이 모르는 어느 도시

"나는 모르겠네, 이것이 무엇을 뜻하는지……"

그렇습니다. 우리가 왜 왔는지, 그리고 어디로 갈지 어떻게 알겠습니까마는 지금 우리는 저마다 어떤 곳에든 살고 있습니다. 어떤 곳. 이 세계의 어떤 곳. 당신이 그리고 내가 사는 곳. 내가 사는 곳이 뭐, 그리 대수로운 곳일까마는 가로등에 의지해서 집으로 돌아가는 마음으로 이 도시에 대한 작은 기록을 적습니다.

뮌스터는 아주 오래된 도시입니다.

도시 연대가들이 기록하고 있는 뮌스터의 역사는 이미 기원전 6세기경에 시작되었다고 합니다. 하지만 그 흔적은 고고학 발굴에서만 증명될 뿐 기록으로 남아 있지는 않습니다. 고고학적인 기록은 흥미롭기는 하지만 물질적인 기록이라 마음의 역사는 잘 드러내지 않지요. 하지만 속살 깊으나 무뚝뚝한 사내처럼 어느 밤 깊은 골목에서 술에 취해 걷다가 이런 속내를 드러내기도 합니다. "문자가 없었던 시대라 잘 짐작은 할 수 없지만 이곳에는 단지가 발견되고 곡식을 가는 도구가 발견되고 화덕이 발견되었습니다."

화덕.

인간이 음식물을 익히기 위해, 그리고 무엇보다도 추위를 견디기 위해 발명했던 기구였지요. 여기에서도 기록 없던 시대가 있었고 그 시대에 인간의 주변을 덥히던 화덕이 발견되었다고 하니 사람이 살았던 곳이지요. 그리고,

기록된 도시의 역사는 8세기 말에 칼 대제의 특명을 받은 선교사였던 성 루드게루스St. Ludgerus가 이곳에 와서 수도원을 지으면서 시작됩니다. 805년에 뮌스터는 주교가 있는 도시가 되고 1170년에 이르면 도시로서의 권리를 받게 되지요. 그리고 12세기쯤 대성당이 지어집니다. 그 무렵, 도시는 한자동맹에 가입합니다. 성당이 세속의 권력까지 쥐었지만 다른 한편으로는 무역을 토대로 자유 시민의 층이 생기고 교회의 권력과 경쟁하며 이 도시를 지금의 모습으로 변화시켰지요.

뮌스터는 인구 3십만 명이 살고 있는 독일 노르트라인베스트팔렌 주에 속합니다. 그 가운데 학생의 숫자가 5만 명이 넘어 학생 도시라고 말할 수 있습니다. 학생만큼 많지는 않지만 이 도시는 전통적인 행정 도시였으므로 지금까지 수많은 행정을 담당하는 건물들이 있고 그에 맞게

행정가들이 많이 있습니다. 물론 백여 개의 성당과 교회가 있어 사제들, 사제가 되려는 학생들, 교회 업무를 맡고 있는 성직자들도 많이 있지요. 비가 많이 오고 종소리가 자주 울리고 그 둘이 한꺼번에 이 도시를 채우면 일요일이라는 농담도 있는 도시.

독일 지도를 펴놓고 이 도시를 찾는다면 지도의 왼편 위쪽에서 검지가 멈출 거예요. 이렇게 간략하게 위치를 말하는 이유는 내가 숫자에 약하기 때문이기도 하지만 경도와 위도의 좌표로 자리매김되는 위치는 숫자로 꿈을 밀어버리는 느낌을 주기 때문이지요.

이 세계에 있는 모든 도시들과 마을들은 꿈이 아닐까요. 그곳에는 그곳만의 이야기가 있고 그 이야기를 만들며 살아가는 사람들의 일상이 있어요. 모르는 장소와 모르는 사람들은 일종의 꿈이라는 생각. 그래서 이렇게 느슨하게 이 도시의 위치를 꿈길처럼 설명합니다.

1. 유럽 지도를 펴세요.
2. 영국과 노르웨이 그리고 덴마크, 벨기에, 네덜란드가 둘러싸고 있는 바다인 북해를 찾으세요.
3. 손가락을 네덜란드에서 조금 오른쪽으로 움직이세요. 그러면 네덜란드와 독일의 국경 근처에 손가락은 놓일 겁니다. 그때 조금 더 오른쪽으로 손가락을 움직이면 뮌스터입니다. (네덜란드 국경에서 뮌스터는 약 70킬로미터 거리예요.)

만일 그 누군가가 날, 뜨악하게 바라보며 이것도 위치 설명이라고 하는 거요? 라고 말하면 나는 다짜고짜 이럴 겁니다.

그냥 한번 들르세요. 일부러 오기까지는 못하겠지만 이 근방을 지나가신다면 마치 기약 없는 나그네처럼, 훌훌 털어버린 가벼운 어깨를 하고,

그냥 한번.

이렇게 바쁜 세상에, 그럴 시간이 어디 있어요.

그렇군요. 하지만 만일, 정말 만의 만의 하나라도 시간이 난다면,

인천공항에서 비행기를 타고 약 열 시간 거리를 날아오면 프랑크푸르트 공항에 도착합니다. 공항의 역인 프랑크푸르트 페른반호프Fernbahnhof에서 기차로 약 세 시간 반 혹은 네 시간을 달리면 뮌스터에 도착하지요. 오전에 인천공항에서 출발해서 시차 여덟 시간(겨울), 혹은 일곱 시간(여름)을 통과하고 난 뒤 당신의 프랑크푸르트 공항 도착 시간은 저녁 무렵이에요. 여름이라면 아직 독일의 저녁은 밝습니다. 이곳의 여름 저녁은 놀라울 정도로 천천히 옵니다. 뭐 자동차를 빌릴 수도 있고 당신이 원한다면 아주아주 오래 걸리더라도 자전거를 타고 며칠씩 쉬엄쉬엄해서 올 수도 있겠지만 나는 기차를 타고 오기를 권하고 싶습니다. 첫째는 직접 탈것을 몰지 않으니 편한데다가 무엇보다도 기찻길이 아름답기 때문입니다. 유라시아 대륙을 가로질러 온 여행의 피곤함 속에서 당신은

앉아 있기만 하면 됩니다. 프랑크푸르트 역을 지나 마인츠와 코블렌츠, 그리고 쾰른을 지나는 이 길은 라인 강의 길이에요.

여름의 저녁은 어두워지지 않고 마지막 햇살은 아직 청년의 발랄함을 긴직하고 있어서 라인 강과 라인 강변에 거의 계단식으로 경작하고 있는 포도밭, 이제는 역사물로만 유효한 옛 성들을 바라볼 수 있게 합니다. 어쩌면 아직도 독일인들에게는 불편한 시인이자 저널리스트인 하이네를 당신은 떠올릴 수도 있을 것입니다. 그의 시, 「로렐라이」도.

하이네는 오랫동안 독일이 불편해하던 시인이었습니다. 그가 유대인이라는 것, 그리고 뮌헨의 교수가 되기 위해 기독교로 개종했다는 것, 당대의 동료들을 공격하는 데 그들의 사생활을 들추어내는 것을 주저하지 않았다는 것.

하이네와 당대의 시인이었던 아우구스트 그라프 폰 플라텐August Graf von Platen의 다툼은 문학사적으로도 남을 만큼 유명한 사건이었습니다. 시작은 하이네가 먼저였지요. 그는 당시 오리엔트 문학에 영향을 많이 받은 플라텐을 조롱하는 시를 1827년에 발표했습니다. 플라텐은 1828년에 발표한 희곡에서 하이네가 유대인이라는 것을 조롱했고 이에 맞서 하이네는 플라텐이 동성애자임을 강조했고요. 후대의 사람들도 이 일을 잊지 않고 하이네를 '비열한 자'라고 부르기를 주저하지 않았습니다. 19세기가 중반으로 치달을 무렵에 살았던 이 두 시인은 그다음 세기에 유대인은 유대인이라서, 동성애자는 동성애자라서 조국 독일에서 처참한 살상을 당할 것을 꿈도 꿀 수 없었을 겁니다.

플라텐은 파리로 망명해서 조국 독일의 명예를 더럽히는 글들을 계속 발표했다는 것, 마르크스와 친교를 나누었다는 것, 혁명을 찬동, 칭송, 고양했다는 것 등등을 문제 삼아 오랫동안 하이네와 거리를 두었지요. 그의 고향인 뒤셀도르프에서마저 하이네는 오랫동안 없는 사람이나 다름없었습니다. 도시행정가들은 오랫동안 그의 동상이 뒤셀도르프에 들어오는 것을 거부했고 그의 기념관 짓기를 주저했습니다. 1965년 의대를 주축으로 다시 문을 연 뒤셀도르프 하인리히 하이네 대학 역시 대학 이름을 그렇게 명명하는 것을 두고 오랫동안 잡음이 끊었습니다.

참, 우리 문학사에서 저항의 언어를 가르쳐주었던 시인 김남주 선생은 옥중 생활을 하면서 하이네를 번역하기도 했습니다. 그렇네요. 시인은 동서양, 시간의 간격을 가지고도 뜨겁게 만납니다. 시인만이 그렇겠습니까. 이 세계를 여행하는 모든 이들이 시간, 공간, 인종, 이 모든 것을 뒤로하고 길에서 만나는 것처럼요. 아니 모든 인간적인 속내는 언제나 만나는 것처럼요. 순진해서 하는 말이 아닙니다. 따뜻한 인간은 언제나 따뜻하게 닿는 거, 이게 우리가 인간이라는 믿음의 기반이지요.

당신은 누구냐? 라는 어떤 이의 질문에 하이네는 "나는 독일 시인이다"라고 대답했답니다. 시인은 노래하는 자이지요. 그가 바로 로렐라이

입니다. 유혹하는 로렐라이. 시는 유혹하는 어지러운 글입니다. 유혹이 싫어 단정한 삶을 살고 싶어하는 당신에게도 어느 순간, 시적인 돌발 사태는 옵니다. 라인 강은 그런 힘이 있습니다. 라인 강뿐일까요. 이 세계의 모든 강들은 지구의 눈물을 머금고 있는 양, 우리를 설레게 합니다.

해가 지고 있는 라인 강을 기차 너머로 바라보며 겁을 잔뜩 먹으면서도 가야 하는 길들을 떠올릴 수도 있을 겁니다. 여행은 그런 것입니다. 낯선 곳을 찾아가는 인간을 동반하는 것은 설렘과 고독이지요. 모르는 모든 것들 앞에서 설레지만 그 모든 것들을 혼자 감당해야 한다는 것은 무시무시한 고독에 속합니다. 처음 도착하는 비행장이나 역에서 짐을 지켜줄 사람을 찾지 못해 꾸역꾸역 그 짐을 끌며 급히 화장실을 찾아야 하는 순간, 고독은 아주 구체적인 몸의 증상으로 나타나지요. 그리고 도착하면 무엇이 우리를 기다리고 있나요?

이 지구 위에 존재하는, 아주 평범하고도 당신이 여행으로 선택한 곳이라 아주 특별한 한 장소.

뮌스터 역에 도착하면 어쩌면 이렇게 못생긴 역이 어디 있나, 당신은 어둠 속에서 혼자 묻겠지요. 아닌 게 아니라 2차대전으로 거의 폐허가 된 뮌스터에는 이렇게 못생긴 건물들이 많습니다. 하지만 이곳은 어느 입구입니다. 낯선 곳으로 들어가는 입구이자 아, 사람들이 사는 곳은 똑같네, 식으로 말한다면 아주 익숙한 별의 입구입니다. 이 도시는 나그네들에게 친절하여 벌써 역 앞에 여관들이 보입니다. 이 여관들도 어쩌면 역 건물처럼 볼품없이 보일 겁니다. 하지만 하루 잘 만한 곳은 되지요. 하지만 조심할 것 하나. 쏜살처럼 달리는 이 도시의 자전거들! 자동차보다 더 많은 권력을 가진 것은 바로 이 도시의 자전거입니다. 그러니 조심. 자전거가 불쑥 나타났다 사라지면 그냥 눈웃음을.

1

아름다운 도시 Die schöne Stadt

— 게오르크 트라클 Georg Trakl, 1887~1914

옛 자리들은 햇빛을 받으며 침묵하네

깊게 푸름과 황금 속에서 자아졌네

부드러운 수녀들은 꿈처럼 서둘러 지나가네

덥적지근한 너도밤나무 아래에는 침묵이

갈빛으로 비추어진 교회에서

죽음의 순결한 그림들은 바라보네,

위대한 영주의 아름다운 방패

왕관들은 교회들 안에서 은은하게 빛나네

말들은 분수에서 솟아나오네

꽃들의 발톱은 나무에서 위협하네

아이들은 어지럽게 노네 꿈에 사로잡혀

저녁에 조용히 그곳 분숫가에서

소녀들은 문 옆에 서 있네,

물들여진 삶을 수줍게 바라보네

젖은 입술은 흔들리고

그들은 문 옆에서 기다리네

떨며 팔랑거리며 종소리는 떨어지네,

행진 박자는 울리고 파수꾼의 외침

이방인은 계단 위에서 엿듣네

높이 푸름 속에는 풍금 소리가 있네

밝은 악기들은 노래하네

정원들을 지나 잎들의 테두리는

아름다운 여자의 웃음을 윙윙거리게 하네

조용히 젊은 엄마들은 노래하네

향을 태우는 연기, 테르terre 그리고 라일락의 향기는

꽃무늬가 있는 창문에게로 비밀스레 입김을 불어넣네

피곤한 눈꺼풀들은 은빛으로 희미하게 빛나네

창문가에 놓인 꽃들을 지나

어느 우연의 도시 어느 우연의 시인
—어느 우연의 도시로 어느 우연의 시인에게로

1.

특별히 나와 인연이 있겠거니 하고 찾아오지 않았다. 공부를 해야겠다고 작정한 학과가 이 도시의 대학에 있었다. 어쩌면 독일에서 공부를 하겠다고 마음을 먹은 것도 객기에 지나지 않았을지 모른다. 그러나 이 도시에서 산 지 20여 년이지만 나는 너를 잊지 않았고 너는 나를 잊지 않았다. 우리는 물기 많은 인간이라서 그랬을 것이다. 십여 년 찾지 않았던 서울을 방문했을 때, 어떤 선배는 나에게 말했다.

"자주 지나다니는 길은 잊어버릴 수 없어. 우리가 잊어버릴 수 없는 이유는 마음속에서 서로 자주 지나다녔기 때문이야."

나는 선배의 손을 잡고 싶었으나 가까스로 그만두었다. 혼자 걸어다닌 그를 존중하고 싶었다. 나 역시 혼자 걸어다녔기에. 오늘날 혼자 걷

기도 힘들지만 여럿이 함께 걷기는 더 힘든 길을 이 세계는 우리에게 요
구했다. 세계의 노예가 될 수 없어서 나는 내 자의로 혼자 걸어다니는 이
방인의 위치를 만들었다. 뭐, 대단해서 하는 말이 아니다. 고독에는 대
가가 있다. 공동체에서 떨어져나온 인간은 이 세계에서 그리 복된 삶을
살지 못하지만 어떤 후배는 나를 위로하기도 했다.

"선배, 우리 아무것도 아니에요. 복되지 않은 게 무슨 대수예요. 걸으
세요, 계속. 그러다가 바람이 되거나 별이 되면 어떤가요. 이 세계를 가
득 채우는 출세와 물질에 대항하기 위해서는 이름 없는 이방인이 최고
예요."

그는 그 말을 하면서 웃었다. 그 웃음은 마냥 천진했다. 천진한 인간들
이 넘나드는 모든 공간과 시간을 그는 드나든 듯했다. 숨이 막혔다, 그의
용기에. 그리고 그 웃음 본 뒤, 아주 오랜 세월이 지났는데도,

이 도시에서 나는 혼자 걸어다니는 이방인이었다. 오랫동안 몸 없는
유령이라는 생각도 들었다. 마치 고골의 단편 「외투」에 등장하는 자아
없는 겉옷의 삶 같은 이방인의 생활. 내 도시들은 비행기 거리로 열 시간
가량 떨어진 곳에 있었다. 낯섦을 견뎌내는 길은 걷는 것 말고는 없었다.
걷다가 걷다가 마침내 익숙해질 때까지 살아낼 수밖에는 아무 도리가
없었다. 그 순간, 이 도시에는 꽃도 피다가 졌고 누군가는 사랑을 하다가
헤어졌으며 그럼에도 그 사랑은 언제나 반복되었다. 그걸 알게 되었다,

독일어로 쓰인 시를 읽으며 걸었던 거리에서. 인간은 어디에 있든 얼마나 작고도 하잘것없으며 그러나 얼마나 특별한 개인인지도.

다른 이들은 잘 모르겠지만 독일어를 배운 지 10년이 넘어서야 비로소 나는 독일어로 쓰인 시들을 읽을 수 있었다. 시들을 읽을 수 있으면서부터 배낭에 시집을 넣고 수천 번도 더 걸었던 도시를 다시 걷기 시작했다. 시를 읽으며 걸었다. 시가 읽히지 않는 시대라는데 시 중독자이자 시인인 나는 시를 읽지 않을 수가 없었다. 시를 통하지 않고는 사람의 속내나 거리조차 가늠하기 힘들었다. 시는 나와 세계를 이어주는 미디엄이었다. 내 영혼의 속살은 그 매개로만 표현되었다. 이방의 시인들을 읽으면서 나는 이 도시를 드문드문 알아차리기 시작했다.

시를 통하지 않으면 손에 잡히지 않는 막연한 풍경들.
그냥 그렇게 스쳐가는 이방의 순간들.
시들을 읽으면서 그 순간들이 갑자기 가슴에 먹먹하게 차기 시작했다.

2.

자주 내리는 비와 한사코 오지 않는 봄, 추운 것도 춥지 않은 것도 아닌 겨울, 햇볕이 잘 드는 날이 드문 여름, 그리고 막막하게 저녁이 길어지는 가을의 안개 등등. 날씨는 우리를 참 변덕스럽게도 하더군요…… 그건 인간의 일이겠지요.

거리의 건물에 달린 이름 없는 창문들. 카페에 앉아 있는 사람들. 골목들. 주점들. 공원들. 작은 돌이 촘촘히 박힌 길들. 성당들.

드문드문,
이 도시와 사귀기 시작했습니다, 낯설고도 익숙한 지구의 어떤 도시를.

이 에세이는 트라클의 시로부터 시작되었습니다. 그것도 우연이었습니다. 한 고서점에서 헌 시집을 보았습니다. 그 안에 그의 시들이 있었습니다. 10월인데도 창창한 태양의 나날이 도시에 계속되었지요. 학생식당에서 맛없고 소금이 잔뜩 들어간 렌틸콩 수프를 먹고 연구실로 돌아오다가 버릇처럼 그 서점에 들렀습니다. 곧 문을 닫는다고 책들은 70퍼센트 할인 특가로 판매되고 있었지요. 그 책들 사이에서 그의 시가 든 시 모음집을 얻었습니다. 자주 읽곤 했는데, 그 책을 배낭에 넣고 발굴을 갔다가 터키의 앙카라 시외버스 터미널에서 버스를 기다리다 그만 놓고 왔지요. 잃어버린 시집. 갈색의 겉표지 종이마저 가장자리가 누렇게 바랬던 그 책.

잃어버린 기억을 좇아서 발굴을 하러 왔는데 저는 길에서 무언가 소중한 것을 잃어버렸고 수첩에는 이런 기록만이 남아 있었습니다.

"살아 있을 때 트라클에게는 이 지상이 가장 낯설고 무서운 곳이었다. 그는 살기를 거부했던 시인이었다. 태어나는 것이 이토록 무섭다는 것을 전생에서 이미 습득한 것처럼 짧게 살다가 갔다. 그의 시가 환기시킨 무참히 아름다운 어떤 순간들. 뮌스터 거리를 걷다가 지치면 벤치 한구석에 앉아 그의 시들을 읽다가 문득 삶이란 어떤 순간에도 낯설고 무시무시한 것이라는 생각이 들었다. 누군들 그렇지 않으리. 그대들도 그러리라, 그대들의 도시에 살면서 존재는 시리고 비리리라. 마치 어시장의 고무 다라이 속에서 갑자기 어느 손에 잡혀 시장 바닥으로 던져진 혼자인 작은 졸복 한 마리처럼."

독일로 돌아와 우연히 그에 대한 책 한 권을 발견했습니다. 제목도 '게오르크 트라클'(군나르 데커Gunnar Decker, 도이췌 쿤스트 출판사Deutscher Kunstverlag, 2014). 그 책을 읽기 시작했습니다. 이번에는 잃어버리지 않았습니다. 다행히도, 그리고 다음과 같이 글을 썼습니다.

3.

세기말과 20세기 초를 살았던 많은 유럽의 예술가들이 1차대전이 곧 오리라는 불명확한 예감에 사로잡혀 허둥지둥 기차와 배로 하는 먼 곳으로의 여행을 동경하는 동안 오스트리아의 어떤 시인은 내면으로의 아주 지독한 죽음에 이르는 여행을 하고 있었다. 그의 이름은 게오르크 트라클이다.

독일어에는 향수병을 뜻하는 '하임붸Heimweh'라는 말에 대칭을 이루는 '페른붸'라는 말이 있다. 먼Fern이라는 단어와 슬픔Weh이라는 단어가 합쳐서서 먼 곳을 향한 그리움, 동경 내지는 사무치게 그리운 어떤 심정을 뜻한다. 다른 이들이 배를 타고 대양을 건너고 기차를 타고 유럽을 지나 오리엔트로 오가던 시절, 그의 페른베는 젊으나 이미 죽음에 한 발을 내딛고 있던 내면의 가장 어두운 곳을 향한다. 여행, 방랑의 정서는 전 시대 낭만주의자들이 때로는 어둡고 애잔하게, 혹은 교양수업의 일부로 힘차고 강렬하게 우리에게 드러났다. 하지만 그들에게는 아직 증기기관으로 달리는 기차나 대양을 힘차게 건너가는 배가 없었다. 그들은 걸었고 마차를 타기도 했다. 그들의 앞으로 나아가는 속도는 느렸다. 기술의 발전으로 인간의 이동 거리가 길어지고 빨라지면서 나라 밖으로 향하는 여행 역시 길고 빨라졌으며 내면을 향하는 여행 역시 어떤 극단의 속도를 가지게 되었다. 트라클이 내면 안에서 감행한 여행은 극단적이었고 끝내는 증기기관차마저 낼 수 없는 속도로 요절이라는 목적지에 다다랐다. 그런데 그것뿐이었을까?

게오르크 트라클은 스물일곱이라는 젊은 나이로 지상을 떠났다. 그는 잘츠부르크에서 부유한 철물상의 일곱 아이 가운데 하나로 태어났다. 아버지는 인자하고 자상했으며 어머니는 언제나 집에 있었지만 늘 집에 없는 사람이었다. 그녀는 며칠이고 자신의 방을 잠그고 앉아 있었다. 그녀의 방에는 그녀가 모아둔 골동품이 가득차 있었고 그 수집품이 그녀의 세계였다. 무슨 일 때문인지는 몰라도 그녀는 자신의 남편에게도 자식에게도 그리고 세상에게도 이해를 받지 못한다고 생각했다. 어린 시절 트라클에게는 어머니의 따뜻함이 빠져 있다. 어머니는 아이들을 프랑스인 유모에게 맡기고 수집품으로 가득한 자기의 방이라는 곳으로 스스로를 유배시키며 일찌감치 약물중독자의 길을 갔다. 짧은 연대기와 그를 기억하는 이들의 회상, 그의 가족들이 트라클의 생애에 그늘이 질 만한 모든 문장들을 삭제한 편지들, 대화들 말고는 트라클의 내면을 알려줄 기록은 거의 없다. 다만 그가 어릴 때부터 마취제를 흡입했고 며칠 동안 일어나지 못하기도 했으며 김나지움을 졸업 없이 떠난 뒤 약물, 마약, 술에 중독된 채 살았다고 전해진다. 아버지가 죽고 난 뒤 그는 일일 양식인 마약과 술을 사기 위해 친구들에게 돌아가며 돈을 빌려야 했고, 시를 써야 했으며, 그의 후원자이자 친구기도 한 루트비히 폰 피커Ludwig von Ficker가 15일을 주기로 발행하던 『브레너Der Brenner』라는 잡지에 시들을 발표하기에 이른다.

그는 약사가 되기 위해 잘츠부르크의 약국 '하얀 천사에게로'에서 3년 동안 일을 했다. 그 시간의 대부분을 그는 수많은 약품이 책장에 빼곡히 꽂힌 책처럼 진열되어 있던 약국의 지하실에서 일을 했고 가끔 손님들을 받기 위해 지상으로 나왔다. 약국 이름이 하얀 천사라니! 백색의 코카인이 그에게는 하얀 천사였던 셈이었고 그의 일자리는 일을 하여 돈을 벌고 가족을 먹여 살리는, 건강해야만 했던 세기말 시민의 표상이 아니라 그의 중독을 더더욱 깊숙한 나락으로 몰아넣는 계기였다고 군나르 데커는 적는다.

1차대전이 일어났던 첫해, 그는 지금은 우크라이나 서부와 폴란드 남동부에 위치한 그 당시 합스부르크 제국의 소속이었던 갈리치아 지방으로 전출된다. 그는 약품을 관리하는 시보였다. 그로데크Grodek라는 도시에서 러시아 군대와 합스부르크 군대가 대접전을 벌이던 와중에 그는 있었다. 약물에 중독된 채 수많은 이들이 서로를 도륙하는 지옥을 목격하다가 그 많은 부상자에게 약물을 투입해야 했던 시인은 결국 권총으로 자살하려고 했다. 그는 자살마저 실패했다. 그리고 크라카우에 있는 수비대 병원의 정신병동으로 옮겨졌고 작은 방에서 코카인 과다 복용으로 죽었다. 그가 태어난 1887년과 그가 죽은 1914년 사이의 유럽은 다가올 거대한 전쟁에 대한 불길한 예감과 세기 전환의 아름다운 몸살 속에 뒤흔들리고 있었다. 트라클은 이 시간 동안 시를 쓰고 죽어갔다. 어쩌면 그는 그렇게 일찍 떠나기 위해 서둘러 삶을 살았는지도 모르겠다. 파멸을 작정하고 살았던 그는 이 지상에 단 한 번도 제대로 도착해본 적이 없는 이였다. 도착하지 않았으니 아마도 그에게 외부란 끔찍하고도 낯선 지옥이었을 것이다. 플로리안 일리스의 책 『1913년 세기의 여름』에 나오는 트라클의 모습은 이러하다.

"1913년 연초의 게오르크 트라클, 그것은 완전히 독특한 방식의 드라마다. 최면 상태에 빠진 것처럼 그는 길을 잃고 세계를 헤매고, 다만 자신은 반쯤만 태어났다고 어느 친구에게 고백한다. 그러므로 그는 돈을 술로 바꾸고, 베로날 그리고 다른 약물과 마약을 복용하고, 다시 술을 마시고, 여기저기에서 쉬다가, 아이처럼 소리를 지르고, 제 여동생을 사랑하고, 그런 자신을 미워하며, 그리고 세계도 동시에 미워한다. 그는 약사가 되려고 한다. 소용없는 일이다. 하나 그 와중에 그는 가장 아름답고

도, 끔찍한 시를 쓴다. (……) 그는 잘츠부르크는 '썩은 도시'이고 인스
브루크는 '가장 잔인하고 비천한 도시'이며 마지막으로 비엔나는 '쓰레
기 도시' 하고 부른다."

27년이라는 짧은 생애에서 그는 그가 살았던 도시들을 벗어나 두 번
의 큰 여행을 떠난다. 첫번째는 베니스였고 두번째는 죽음으로 향하던
갈라치아였다. 1913년 6월 19일 죽어가는, 혹 머지않은 미래에 사라질
도시로 불리는 베니스로 향하던 그는 이렇게 적었다.

"벗이여, 세계는 둥글다. 토요일에 나는 베니스를 향하여 밑으로 떨어
진다. 계속해서— 별들에게로" (게오르크 트라클이 1913년 8월 15일, 인
스부르크에 있는 친구 에르하르드 부쉬베크Erhard Buschbeck에게)

별로 가는 길은 위로 시선을 올리는 길이다. 그런데 그는 밑으로 떨어
진다, 라는 길을 통하여 별로 가는 길을 택한다. 오스트리아는 다들 알다
시피 이탈리아보다 북쪽에 자리잡고 있다. 그러니 북쪽에서 남쪽으로
가는 길은 밑으로 향하는 길이다. 중부 유럽인들에게 남쪽에 위치한 이
탈리아는 태양이 있는 곳이다. 중유럽에서는 느낄 수도, 볼 수도 없는 태
양빛이 그곳에는 있다고 그들은 생각한다. 태양을 보기 위해 밑으로 가
야 한다. 더 선명한 별빛을 보기 위해서도 그렇다. 중유럽보다 햇빛이나
별빛이 더 선명한 곳. 그곳에서 삶은 더 명랑해지고 죽음은 더 검어진다.
그런 의미에서 '밑으로 떨어진다'라는 문장을 이해할 수도 있겠다. 그리

고 그 위에 놓이는 다른 의미 하나. 이 문장을 쓴 젊은 시인이 나락으로 향한다는 것. 아마도 트라클에게 별은 죽음과 동의어였을 것이다.

그러나 그의 후대를 살아가는 우리에게 트라클의 격렬한 내면 속에서 건져진 이 문장은 차라리 낭만주의자의 탄성으로 들린다. 시인의 생애에서 이 문장만을 뚝 잘라 눈앞에 놓으면 오랜 비행시간을 지나 비행기가 아래로 내려갈 때 갑자기 눈에 들어오던 목적지의 불빛이 떠오른다. 도시가 나타나기 전에 비행기 창에서 바라보는 아래는 암흑이었다. 첫 불빛이 보인다 했는데 하나둘, 갑자기 수백, 수천이 되는 광경. 암흑 속에서 오래 헤매다가 수천으로 빛나는 별떼를 목격한 것처럼 설레며 낯선 도시에 당도할 때 드는 마음. 트라클이 밑으로 떨어져 별에 당도하는 과정은 그의 내면에서 오랫동안 현존하던 죽음의 상징이었지만 그의 문장을 읽는 이들에게는 비행기가 낯선 곳에 도착하기 직전의 마음일 수도 있을 것이다.

자신이 살았던 도시들에 대한 염증(그건 차라리 자신에 대한 염증은 아니었을까)을 수없이 토해냈던 트라클이었지만 「아름다운 도시」라는 시는 예외이다. 언제나 환각 상태에서 돌아오고 싶어하지 않을 만큼 세계를, 혹은 자신을 혐오했던 트라클은 어느 순간에 저렇게도 고요한 시를 쓸 수 있었다. 인간의 내면은 복잡다단해서 자기 파멸을 향한 죽음으로 거침없이 나가던 청년 시인의 내면이라 해도 파멸을 향한 시간의 지층만이 들어 있지는 않은 듯하다. 언뜻 하나인 것 같은 지층 사이사이에 위태롭고도 미세하게 또다른 지층들이 존재한다. 트라클의 내면에 존재하는 어느 얇은 지층 가운데 하나가 쓴 시가 바로 「아름다운 도시」인 것 같다. 침묵하는 옛 자리에 든 햇빛, 수녀들이 꿈처럼 지나가고 교회와 분수, 그 곁에서 노는 아이들, 진짜 삶에 설레며 도시의 문 앞에 서서 기다리는 소녀들, 종소리, 행진 박자, 파수꾼, 도시를 방문한 이방인, 풍금 소리, 정원들, 라일락 향기와 꽃무늬가 있는 창문들. 아마도 그는 환각 속에서 자신이 가장 평안할 수 있는 별을 찾았는지 모른다. 이 지상의 것이 꿈의 세계 속으로 들어가 사는 먼먼 별을.

요절 시인이 아닌 우리의 내면에도 변덕스러운 날씨에 언뜻언뜻 드는 별 같은 그런 지층이 있다. 긴 시간의 층들은 두텁다. 이미지로 그렇다는 게 아니라 물리적으로 그렇게 될 수밖에 없다는 얘기다. 아주 짧은 시간의 층들은 너무나 얇다. 긴 시간의 층들 사이에 끼인 짧은 시간의 층들은 어느 무심한 발굴자의 삽질에 의해 너무나 자주 무심하게 파괴된다. 어느 날, 트라클의 시를 읽다가 내가 잊고 있던 뮌스터의 첫인상이 20년이라는 세월을 뒤로한 채 문득 찾아왔다. 아주 짧은 시간의 층이라 얇아서 잃어버린 줄 알았는데 트라클의 시가 내 시간의 얇은 지층 하나를 돌려주었던 것이다. 시를 읽는 어떤 시간은 이런 시간이다. 잃어버린 줄 알았던 것이 돌아오는 시간. 그 시간을 새로 발견하고는 그 시간으로 들어가보는 것.

뮌스터를 걸으며 나는 내가 떠나온 나의 도시를 생각했다. 그곳에서도 어떤 이방인이 걸으며 시를 읽을까. 낯선 모든 것들을 익숙한 인간의 일로 돌려주는 시를 읽으며 걷는 자의 고독과 기쁨을 껴안을까. 그리고 나는 이렇게 쓴다.

  그대들이 없는 도시는 서먹했으나 어느 순간 나는 모든 어두컴컴한 골목에서 내 기억과 함께 그대들과 마주쳤지요. 그대들은 나라는 유령을 육체를 가진 인간으로 돌려주었지요. 그래서 조금은 쓸쓸한 휘파람을 불며 다시 걸었지요. 나는 아무것도 아니었으나 그대들이 있어서 조금은 특별한 사람이었던 적도 있었다, 는 멜로디를 가진 휘파람을 불며······ 멀리 있으니 우리들은 서로에게 별이겠지요. 그래서 더 촘촘히 그립고 밤이면 구름이 없어 별빛을 오래 보며 다시 걸었으면 했네요.

  사는 게 너무 추하다, 서럽다 싶을 때 트라클을 읽으면서 걸어보는 게 어떨는지. 그의 영혼을 우리가 위로하지 않는다면 누가 위로할까. 그는, 혹은 그의 시들은 우리를 참 많이도 챙겨주었다. 우리가 사는 도시를 우리가 위로하지 않으면 누가 위로할까. 미우나 고우나 우리의 도시들은 우리를 안아주지 않았던가. 뮌스터는 그대 없이 존재하지 않는 도시였다. 이 도시를 그대 없이 참 오랫동안 걸어왔다. 모든 평범한 이 세계의 도시, 혹은 저 하늘의 별들이 걷는 것처럼.

2

달려가는 여자Die Fahrende

— 게르트루트 콜마르Gertrud Kolmar, 1894~1943

모든 철도들은 내 손안에서 증기를 뿜는다,

모든 큰 부두는 나를 위해 배를 움직이며 흔든다,

모든 방랑의 길들은 계속해서 무너진다 평지에게로,

여기에서 이별을 하자; 다른 끝에서,

그들에게 기쁘게 인사를 건네기 위해, 웃으면서 나는 서 있네

나는 이 세계의 모서리를 그때야 쌀 수 있을 거네,

내가 만일 다른 세 개의 모서리를 발견한다면, 나는 수건을 묶을 거다,

수건이 지팡이에 매달려 있으면, 내 어깨로 짊어 나를 거다,

그 안에는 붉은 뺨을 가진 지구의 둥근 공이 있지,

갈빛의 씨앗과 카빌사과의 향기와 함께

무겁고도 단단한 격자는 멀리서 덜거덩거리며 내 이름을 부른다,

내 걸음걸이는 숨어 기다리며 곱사등을 가진 집을 염탐한다;

멀리서 길을 잃은 그림들은 액자 속으로 돌아온다,

그리고 동경의 눈멂과 염원들의 굼뜸을

내 여행의 컵은 길어내고, 나는 갈망하며 마신다

벌거벗은, 싸우는 팔들을 나는 깊은 바다로 경작하고,

내 빛나는 눈 속으로 하늘을 끌어들인다

언젠가 시간이 오리, 고요히 이정표에 서기 위해,

부족한 저장품을 살피기 위해, 망설이며 집으로 가기 위해,

다만 신발 속의 모래로만 남아 오는 자가 되기 위해

기차역에서
—떠날 권리와 돌아오지 않을 권리

어린 시절, 기차를 타고 먼 곳으로 가보고 싶다는 생각이 들 때마다 기차역까지 걸어갔다. 역사 안으로 들어가 떠나고 도착하는 사람들을 기웃거리다가 창문 너머에 있는 철로를 바라보았다. 키가 작은 나에게 창문은 언제나 걸림돌이었다. 까치발을 하고서야 가까스로 창 너머가 보였고 기차선이 눈에 들어왔다. 갈 수 없는 길 같아서 나는 침을 삼켰다. 기차표가 있어야만 기차선로로 입장할 수 있었기에 나는 창문 너머를 바라보는 것만으로 만족할 수밖에 없었다.

역사 안에는 언제나 쿰쿰한 냄새가 났다. 그것이 사람들의 몸냄새였는지 아니면 도시락에서 나던 냄새였는지 나는 몰랐다. 초등학교 시절, 학우들의 점심 도시락이 열릴 때 나던 냄새의 향연과는 사뭇 다른 냄새가 그 역사에는 있었다. 한곳에서는 꼬치에 꿰인 어묵이 말간 무와 함께 국물 속에서 끓고 있었다. 다른 한편에서는 오징어가 연탄불에 구워지면서 그 여린 몸통을 비틀었다. 또다른 한편에서는 그냥 피곤하고 어제 씻지 못한 몸냄새에 드리워진 사람들이 봇짐을 안고 그나마 안지 못한 짐은 발 사이에 놓은 채 기차를 기다리고 있었다. 냄새는 기차역에 모인 사람들처럼 초라했으나 그건 기차역에서만 맡을 수 있는 특유의 냄새여서 그도 좋았다. 일제강점기에 지어진 역사를 그대로 사용했는지 아니면 증축을 했는지 가물가물한 가운데 유독 냄새만은 기억이 분명했다. 다만 나무로 만든 긴 의자와 닫히지 않아 덜컹거리던 문이 바람이 불 때면 다시 열리다가 닫히다가 했다. 아이들은 봇짐에 기대어 졸았고, 남자들은 삼삼오오 짝을 지어 담배를 피웠고, 담배 연기 속에서 한숨을 쉬던 아낙네와 그 모든 풍경에 어울리지 않게 양장을 단정하게 입은 아가씨들이 딱분으로 콧등에 돋은 땀을 닦아내었다.

　내가 가진 기억 속에서 내 고향의 기차역은 가난했다. 겨울 찬바람이 돌 때 기차역 옆에 자리잡은 국밥집에서는 콩나물과 선지가 가득 든 국물이 끓고 있었다. 끓는 것들의 비린내 속에는 울음이 도사리고 있기도 했다. 찐 달걀을 먹다가 가래가 가득한 기침을 하던 한 노인의 목에는 이루지 못한 삶이 꺼억거리면서 잦아져갔다. 드디어 기차가 도착하고 사람들이 봇짐을 이고 여행 가방을 질질 끌며 기차표를 간수에게 보여줌과 동시에 역문을 지나갈 때 나는 부러움으로 그들을 바라보았다. 그 가난한 역에서 제일 가난한 사람이 나였다. 그 문을 통과할 수 없었기에 나는 가난하고도 가난했다. 그들이 지나간 역문은 새로운 세계로 들어가는 문이었다. 이윽고 역문이 닫히고 사람들이 기차에 타서 기차선로가

텅 비면 기차는 요란한 소리를 내며 떠나갔다. 기차표를 혼자서 살 수 있는 날은 영영 오지 않을 것 같은 미래였다. 언젠가 내가 기차표를 살 수 있다면 어디로 가는 기차표를 살까? 내가 자란 도시 진주에서 제일로 먼 강원도에 있는 도시 이름을 떠올렸다.

삼척.

그곳은 어린 나에게는 세상에서 가장 멀리 있는 도시였다.

그곳에 도착하고 나면? 그뒤는?

어린아이에게는 그러고 난 뒤? 라는 물음은 없다. 다만 그러고 싶을 뿐이다. 나도 그랬다. 삼척에서 뭘 하겠다는 생각은 없었다. 다만 기차표를 살 수 있는 온전히 독립된 어른이 되고 싶었을 뿐이었다. 그때 내 생각으로는 독립된 어른이 할 수 있는 일 가운데 제일로 멋진 일은 세계에서 가장 멀리 있는 곳에 가는 것이었다. 그래서인지 언젠가 이준규 시인의 시 「삼척 0」을 읽다가 기차 소리가 나는 것을 들었다.

"(……) 삼척은 삼척. 내가 길을 사줄게. 삼척은 삼척. 나는 걸어서 바다를 건너가겠어. 삼척은 삼척. 매미가 운다. 삼척은 삼척. 가을이다. 삼척은 삼척. 삼척은 삼척. 삼척은 삼척. 삼척은 삼척. 삼척은 삼척. 삼척은 삼척. 삼척은 삼척. 삼척은 삼척. 삼척은 삼척. 삼척은삼척은삼척은

삼척은삼척은삼척은삼척은삼척은삼척은삼척은삼척은삼척은……"

삼척이 반복되면서 삼척은 기차 소리가 된다. 이준규 시인이 무얼 타고 삼척으로 갔는지 나는 모른다. 하지만 삼척삼척삼척……이라는 말은 기차 소리였다. 떠나고 싶었던 어린 시절이 겹쳐지고 떠나지 못해서 안타까웠던 마음이 되살아났다. 냄새와 기적으로만 기억되던 어린 시절의 고향 역도. 삼척 뒤에 남아 있는 어린 시절이 먼 과거로 느껴지는 게 아니라 갈 수 없는 미래로만 여겨졌다. 어른이 되어서 삼척에 간다고 한들 그곳에서 뭐 대단한 일을 하는 게 아니다. 하루의 여행. 바다를 보고 술도 조금 마시고 그리고 다시 일상으로 되돌아오는데 오로지 남는 것은 삼척이라는 이미지이다. 돌아와 삼척을 불러낼 때 오고가는 시간은 삼척 속에서 스러졌다가 다시 돌아오고 다시 스러진다. 삼척이라는 말조차 잊어버리고 난 뒤 다시 삼척을 들추어보니 떠나고 싶은 마음만이 가득했던 어린 시절의 기차역이 떠오른다. 그리고 시는 떠오름 속으로 들어가 영영 나오지 않는다. 그렇게 오래 중첩된 인간의 역사도 삼척삼척이라고 한 시인이 중얼거릴 때 그림자 너머 어디론가 가고 싶었던 인간의 순간적인 기억만 남는다. 우리는 도착하고 떠나가는 장소를 사랑한다. 이곳에는 일탈의 일렁이는 무늬가 있다. 몸에서 나온 냄새와 영혼의 냄새는 이곳에서 하나로 짜여진다. 누군가 싸준 김밥 냄새도.

김밥은 잘 정돈된 혼돈을 뜻한다. 김밥에 말려진 재료들은 강, 바다, 들판에서 온 것들이다. 채소, 어묵, 햄, 그리고 간을 한 밥. 이 모든 것들은 소금에 섞이면서 혼돈을 갈무리하며 김 속으로 들어간다. 그러므로 김밥은 소금이 몰고 오는 혼돈이 자물린 차가운 시간을 뜻한다. 소금을 친 음식을 해본 사람은 알 것이다. 더운 시간 속, 소금은 그냥 널브러져 있다가 음식이 차가워지면 진면목을 드러낸다. 절여진 시간이 입안으로 들어올 때 얼마나 짜고 쓴지 우리는 알지만 그 유혹을 차마 떨치지 못한다. 삶의 짠맛을 보기 위해 우리는 기차역으로 간다. 기차 안에서 김밥을 먹으며 자주 목이 막히고 떠나오던 기차역이 자꾸 눈에 어른거리는데도 말이다.

어느 날 잠이 들지 못하던 밤에 인터넷으로 내 고향 역인 진주역을 찾아보았다.

진주역.

내가 기억하던 그 가난한 역은 이미 사라지고 없었다. 잘생기고 번듯한 모양을 갖춘 한옥형으로 역사는 다시 지어졌다. 그 사진 앞에서 나는 사라져버린 내 기억을 떠올렸다. 내가 역까지 가서 앉아 있곤 하던 역사는 더이상 이 지상에 남아 있지 않았다. 뮌스터에서 살았던 두 장의 사진 속에 든 사람들의 시간이 이 지상에서 영영 사라지고 없는 것처럼 말이다. 서늘하고 아팠다. 나는 이 지상에 아직 어슬렁거리고 있는데 내가 살았던 어느 곳은 이미 사라져버렸다.

저녁 무렵이면 기차역에 자주 앉아 있었던 적이 있다. 무슨 청승이냐고 하겠지만 딱히 그 때문만은 아니었다. 그 무렵 나는 우연히 본 흑백사진 두 장에 사로잡혀 있었다. 사진에는 옛 뮌스터 기차역이 들어 있었다. 한 장의 사진은 1925년경에 찍은 사진이었고 다른 한 장은 1931년에 찍은 것이었다. 1925년 뮌스터 역의 중앙 건물은 두 개의 탑에 호위를 받는 층이 진 박공지붕으로 장식되어 있었다. 아치형 창문, 사암의 경계선과 벽돌로 차곡차곡 올려놓은 건물 외관은 북유럽 르네상스식 건축양식을 닮았다. 이 역은 1890년에서 1895년에 세워졌다. 그 당시 '독일의 가장 현대적인 기차역'으로 1898년에 열린 시카고 박람회에 소개되었을 정도였다. 두번째 사진은 1930년에 뮌스터에서 열린 독일 가톨릭의 날 행사에 맞추어 새로 수리를 한 역사를 찍은 것이었다 박공지붕과 지붕을 호위하던 탑들은 사라지고 평평한 지붕과 사암으로 경계를 지은 아치형의 정면 창문이 들어서 있었다. 그러니까 약 40년 시간을 간격으로 한 건물은 사라지고 다른 건물이 그 자리에 들어선 것이다. 이게 무슨 역사적인 사건이어서 나에게 기이한 인상을 주었던 건 아니었다. 그 사진에 아마도 우연히 포착되었을 사람들 때문이었다. 사진 두 장에 건물과 함께 찍힌 사람들은 40년이라는 시간의 간격을 두고 이 도시에서 살다 간 사람들이었다. 기차역을 찍으리라, 작정을 하고 찍은 사진이라서 사람들은 들러리에 지나지 않았다. 그러므로 사진 속에 든 사람들의 표정을 세세히 살필 수 있는 것도 아니었다. 다만 사람들은 사진 속에서 부유하고 있을 뿐이었다. 지금 이곳에는 그들이 없다.

이 지구상 어디에 있는지조차 몰랐을 한국이라는 곳에서 온 나 같은 사람이 이 도시에서 살며 산책을 하리라는 것을 그때 이곳에서 살았던 이들은 짐작조차 못했을 것이다. 그 사람들은 이 도시로 온 여행자일 수도 있고 이 도시 사람으로 타지의 여행자가 되기 위해 기차역에 왔을 수도 있을 것이다. 누군가 와서 마중을 나가기도 혹 누군가 떠나서 배웅을 하러 오기도 했을 것이다. 사람들의 윤곽 속에 든 다시 돌아올 수 없는 시간을 본 것처럼 내 눈가는 젖었다. 왜 나는 고향의 역사를 기억하지 못하는가? 세계를 향해서 나가고 싶었던 마음만이 일렁거리던 그 장소를.

뮌스터에 첫 기차역이 문을 연 때는 1848년 5월 25일이었다. 그 당시 뮌스터에는 거듭된 흉년이 휩쓸고 있었다. "감자 수확이 너무나 부진해서 두 배에서 세 배 넘는 종자를 뿌려야 했으며 그 결과로 10월에는 이미 한 쉐펠(곡물 계량 단위)에 1탈러(독일의 옛 은화)까지 값이 올랐고 그 가격은 거의 귀리의 정상가격에 맞먹는다"고 1845년 시청의 기록청은 전한다. 시에서는 도시의 부유한 이들에게 25탈러를 내놓으라고 요구했다. 그렇게 모인 탈러로 완두콩과 보리와 밀알을 사들여서는 가난한 사람들에게 시장가격보다 10~16퍼센트까지 낮은 가격으로 공급했다. 1846년, 다시 흉년이 들자 시에서는 곡물과 누런 완두콩을 섞어서 만든 가루로 구운 빵을 가난한 이들에게 공급했고 겨울이 오자 석탄마저도 시에서 공급해야 할 지경에 이르렀다고 한다. 이 와중에 철도공사는 가난한 이들에게 얼마간의 돈을 벌 수 있는 기회가 되었다. 철도공사를 지휘하던 사람들은 겨울이라도 날씨가 허락하는 한 공사를 계속하기를 지

『뮌스터, 어제와 오늘의 사진들Münster. Fotografien von gestern und heute』
(이르므가르드 펠스터Irmgard Pelster, 바르테베르그 출판사Warteberg Verlag, 2004)

시했다. 1847년에야 풍년이 다시 찾아왔다. 생활식품의 가격은 내렸고 철도공사 등의 일거리로 경기가 나아지기 시작했다. 뮌스터 최초의 철로는 그렇게 세워졌다. 36킬로미터 길이에 남서쪽에 위치한 함이라는 도시가 종착지였다.

1848년은 유럽의 혁명사에서 무척이나 상징적인 해이다. 파리로부터 시작된 혁명의 열기는 유럽 전역을 휩쓸었다. 독일 역시 예외는 아니었다. 그다음 해에 결국 실패로 돌아갈 이 혁명의 맨 앞은 1848년 3월에 일어난 베를린 봉기였다. 그러니 뮌스터의 기차역은 이 혁명의 와중에 문을 연 것이다. 아무리 거대한 역사적인 일들이 가까운 곳에서 벌어지고 있다 한들 모든 도시들이 동시에 그 열기에 휩싸일 수는 없다. 뮌스터에는 이 혁명이 아주 천천히 도착했다. 다만 그 무렵, 도시의 독서가들은 하이네의 글들을 읽을 수 없었다. 그의 글들은 다른 독일 지역과 마찬가지로 뮌스터에서도 금지를 당했고 경찰은 도시의 서점들을 감시하며 하이네를 비롯한 자유적인 성향을 가진 글들의 유통을 막았다. 하이네의 글들을 읽을 수 없었던 시간에 문을 연 기차역.

산업화의 증기기관차가 달리는 그 당시 유럽은 도시에게 기차역이라는 상징을 주었다. 수로 곳곳에 있던 선착장과 대륙을 이어주는 부두에 이어 이별과 만남, 도착과 떠남에 대한 집단 기억을 안겨줄 공간이 생긴 것이다. 19세기 말, 기차역은 아주 중요한 도시의 얼굴로 인식되었다. 제발트의 소설 『아우스터리츠』에서 묘사되는 벨기에의 안트베르펜의 중앙역은 당시 벨기에 왕이던 레오폴드의 직접적인 지시로 지어졌다. 유대 소년으로 나치를 피해서 영국으로 입양되었던 아우스터리츠, 자신의 끊어진 기억과 함께 살아가야 했던 이 건축사학자는 안트베르펜 기차역을 세계무역과 교통의 대성당이라고 명명한다. 벨기에가 아프리카에 식민지를 건설하던 당시, 벨기에의 경제는 놀라울 만큼 성장에 성장을 거듭한다. 이 나라는 작은 왕국으로 주변 강대국의 침범을 당하고 영토가 나뉘는 역사적 경험 뒤에 다가온 이 경제 발전이 벨기에라는 왕국을 경제 대국으로 만들어줄 거라는 미래에 대한 희망으로 부풀어올랐다. 역은 10년이나 걸려 지어졌다. 이탈리아 르네상스의 건축양식을 근간으로 비잔틴, 마우리아의 요소에다 중세의 아우라까지 겹쳐진 안트베르펜 역은 로마의 만신전에 들어설 때 흡사 신들이 위에서 아래로 방문자를 내려보듯 광산업, 산업, 교통, 무역, 그리고 자본이라는 19세기의 신들이 여행자들을 내려다보는 곳이었다고 한다. 그리고 중앙에는 거대한 시계가 있었다. 19세기 말만 하더라도 전 세계의 시간은 지금처럼 시간대로 나뉘어 통일되지 않았다. 1884년에 워싱턴에서 열린 자오선 회의에서 그린위치를 중심으로 한 시간대의 협의가 이루어졌으며 9년이 지나고 난 1893년에 중유럽의 시간은 통일되었다. 시간대를 통일시킨 동력은 철도 시간표였다. 네덜란드 역사학자인 헤르만 폰 데어 둔크Hermann W. von der Dunk는 물리학에서는 시간의 상대성이론이 받아들여지고 있는 동안 지상에서는 시간 경험의 혼동 때문에 마치 시간의 상대성이론을 반증하려는 듯 시간을 통일시키고 있었다고 19세기 말과 20세기 초를 스케치했다. 아우스터리츠는 그래서 시간과 공간의 관계는 오늘날까지 어떤 착각적인 것과 환상적인 것이 있다고 말한다. "그래서 우리는 바깥에서 돌아오면 결코 확실하게 알 수 없지요, 우리가 정말 떠난 적이 있었는지."

뮌스터 역은 이 도시 중심가의 건물 대부분이 그러하듯 2차대전 동안 파괴되었다. 그리고 2차대전의 폐허 위에 오직 기차역이라는 기능만이 중요했던 시절에 지어진 건물답게 볼품없이 재건되었다. 중앙역의 주변은 이미 독일로 온 이민자들이 하는 작은 음식점으로 점령되었고 중앙역 뒤편에는 이 도시에서 집 없는 자들이 모여서 무료한 하루를 보내고 있었다. 맥주를 들고 지나가는 사람들에게 맥주를 구걸하기도 하면서. 그들이 데리고 다니는 가족 같은 개들은 게으르고 슬프게 누워서는 주인이 그들에게 먹이를 줄 시간만을 기다리고 있었다. 개는 제 주인의 발치에서 냄새나는 신발 끝을 핥으며 여기가 내 집이거니 여긴다. 그들이 가진 모든 것이 든 커다란 비닐봉지들도 개와 함께 그들 옆에 놓여 있었다. 햇빛이 드는 날, 비닐봉지의 가장자리는 더러 반짝이기도 하지만 비 오는 날이면 영락없이 그 안에 든 모든 것들이 젖는다. 그 안에 든 모든 것은 그들의 가진 것의 전부이다. 언젠가 나는 다른 도시의 역 앞에서 구걸을 하는 남자에게 약간의 돈을 준 적이 있다. 그는 그 돈으로 당장 역 옆의 가게로 가서 맥주 두 캔과 설탕 1킬로그램을 사왔다. 취할 만큼 술을 살 수 없는 그가 취할 수 있는 길은 알코올과 설탕을 한꺼번에 위장에 부어넣는 것이다. 그렇게 그는 하루종일 취한 상태로 역 옆에서 어슬렁거릴 수 있었다.

　나는 역 주변의 이스탄불이나 알라딘, 레바논 등의 이름이 붙은 가게에서 케밥과 물 한 병을 사고는 이 볼품없는 역의 기차로에 오래 서 있곤 했다. 고기와 적당한 야채샐러드에 요거트와 마늘을 넣은 소스 사이의 넓적한 빵. 베어 물면 이민자의 슬픔 같은 묵직한 소스가 빵 사이에서 빠져나왔다. 케밥의 고기를 썰어주던 청년은 터키인이었다. 그의 얼굴에는 이민자들이 가지는 이 사회에 소속되어 살아가려는 의지와 일상의 피곤함이 묻어 있었다. 그는 노동자로 독일로 온 터키인의 2세거나 3세일 것이다. 기차역 주변의 이민자들이 운영하는 식당들은 떠나가고 들어오는 기차 사이에 있는 이곳으로 아직 도착하지 않은 삶의 풍경이다. 이곳에 있으면서도 언제나 그들이 온 곳으로 가려고 하는 마음 사이에서 이민자들은 케밥 고기를 썰고 요거트 음료를 만들며 조국에서 온 신문을 읽는다.

　이곳에서 누구도 고향을 보는 사람은 없다. 고향은 멀리 있고 삶은 삶이라는 이름으로 여행중이다.

　기차역 안에는 라이제첸트룸이라고 불리는 기차표를 사거나 기차 정보를 얻을 수 있는 큰 홀이 있고 그 왼쪽의 복도를 쭉 따라가면 로커룸이 있다. 줄지어 서 있는 로커룸들은 닫혀 있고 그 안에는 이 도시에 연고가 없는 여행자들의 짐이 시간제로 들어 있다. 동전을 넣어서 시간을 살 수 있는 것이 로커이다. 그 시간이 지나면 로커 오른편에 작은 붉은빛이 켜지고 여행자들은 다시 동전을 넣어 시간을 연장해야 한다. 시간을 사는 일은 거의 침묵에 속하는 일이라 언제나 로커룸 근처는 조용하다. 짐을 찾으러 온 여행자는 붉은 불이 켜져 있는 것을 보고 동전을 넣고 푸른빛이 켜질 때까지 기다리다가 문이 열리면 얼른 짐을 챙겨서는 그곳을 급히 떠난다. 시간을 산 곳에서 사람들은 머물지 않는다.

꽃집과 담배와 로또를 파는 가게, 그 맞은편에는 신문과 잡지, 가벼운 책들을 파는 서점이 있고 서점 옆에는 스낵과 음료수를 파는 가게, 그 가게의 맞은편에는 몇 분마다 열리는 오븐에서 구운 빵을 파는 빵집이 있다. 빵은 이미 본사에서 반죽해서 모양까지 만들어두었다. 그걸 오븐 안에 집어넣기만 하면 된다. 피곤한 얼굴로 계산을 해주던 아가씨가 티슈로 얼굴에 떨어져내리는 땀방울을 닦고는 오븐으로 가서 문을 연다. 그때 퍼져나오는 갓 구워진 빵냄새는 동화처럼 황홀하지만 최저임금조차 받지 못하며 알바를 하는 일은 여기에서도 비일비재하기에 아가씨의 임금 앞에서 빵냄새는 그녀의 구부러진 등만큼 슬프다. "커피 투 고!", 외치는 손님 때문에 빵은 오븐에서 반쯤 나오다가 멈추고 아가씨는 커피 머신으로 가서 단추를 누른다. 1유로 70센트예요. 다시 계산대가 열리고 영수증이 나오고 커피 투 고를 외친 손님은 커피를 받아들고는 급히 선로 쪽으로 뛰어간다. 아가씨는 반쯤 빵들이 나오는 오븐 쪽으로 몸을 돌린다. 그녀의 머리카락은 땀으로 젖어 있고 겨드랑이 역시 젖어 있다. 이것은 역사의 빵가게다. 다음 손님이 그녀를 방해할 때까지 뜨거운 오븐에서 나온 빵들은 냄새를 풍기며 진열대에 놓여 있을 것이다.

그리고 이 모든 것의 위에는 우리 모두의 시간에 대한 감각을 관리하는 커다란 시계가 전광판으로 걸려 있다. 떠나는 기차와 도착하는 기차의 시간표를 올려다보며 사람들은 빵을 먹거나 신문, 스마트폰을 보거나 한다. 그들은 자신의 가방에서 눈을 떼지 못한다. 사람들이 많이 들락거리는 역에는 사람들의 가방을 노리는 이들이 언제나 있기 때문에 그들은 기다리면서 자신의 가방을 감시한다. 기다림과 감시의 분초들이 시끄럽게 지나간다.

기차선로에는 벤치가 있고 그 자리가 비어 있을 때 자리를 잡고 앉아서 나는 콜마르의 시를 읽곤 했다. 그녀는 유대인이었고 발터 벤야민의 사촌이기도 했다. 1894년에 태어난 것은 확실한데 죽은 해는 '아마도' 1943년 아우슈비츠, 라고 되어 있다. 19세기 말에 태어난 많은 유대인의 비극적인 운명을 그녀도 지녔었다. 그녀는 보육사였다. 1917년 첫 시집을 내었고 1934년 그리고 1938년에 다시 시집을 낸 것으로 알려졌다. 그녀는 그 당시 다른 유대인들처럼 끌려갔다. 아마도 기차를 타고 아우슈비츠로 갔을 것이다. 시에는 떠나는 설렘과 기차 안에서 바라본 바깥의 풍경이 들어 있다. 떠나는 자가 돌아오는 자가 될 여행의 궤도. 그녀의 언어는 명랑하고 사랑스럽다. 종국에는 기차를 타고 죽음으로 갈 예감이 들어 있지 않으며 달리다가 다만 신발 속의 모래와 함께 오는 자가 되는 작은 깨달음이 시 속에서 일렁거린다. 이 시를 쓸 때 그녀는 머잖아 죽음으로 가는 기차를 타고 이 세계의 저 너머로 가리라는 예감을 하지는 못했으리. 나도 이 시를 읽으며 그녀의 죽음보다 삶을 생각한다. 명랑하게 떠났다가 돌아오는 그런 평범한 여행이 있는 삶을.

시를 읽다가 기차선로에 서서 저 너머를 바라본다. 기차선 너머에는
또 기차선, 그리고 또 기차선, 그 너머에는 기차역 근처의 시멘트 건물이
줄을 이어 서 있고 건물 벽에는 도시의 아이들이 스프레이로 뿌려놓은
낙서들이 즐비하다. 도시의 행정가들이 그렇게 단호하게 낙서를 금지했
지만 아이들의 낙서는 계속되고 또 계속된다. 아이들은 건물에다가 스
프레이를 뿌리면서 일탈이 가시화되는 것을 사랑했는지도 모르겠다.

플랫폼에 자주 보이는 구걸을 하는 청년은 오늘도 나왔다. 그는 담배
한 개비나 맥주 한 캔을 구걸하기도 하고 아직도 유효한 기차표를 구걸
하기도 한다. 이 도시가 있는 주 안에서만 오고갈 수 있는 기차표는 하루
동안 유효하기에 청년은 지나가는 이들에게 그 표가 있는지 묻는 것이
다. 나는 그가 기차표를 얻을 경우 정말 이 역을 떠날지 궁금했다. 모든
것을 기차역에서 해결하는 이 청년이 집인 이곳을 두고 정말 다른 곳으
로 떠날 수 있을까? 하긴 다음 역까지 가서 그곳에서 구걸을 할 수도 있
겠지. 하지만 나는 그가 어느 날 기차를 타고 이 역을 떠나서 다시 돌아
오지 않았으면 좋겠다는 생각도 한다. 누구든지 떠날 권리가 있지 않은
가. 그리고 떠나서는 다시 돌아오지 않을 권리도.

비가 오는 저녁이면 선로도, 들어오고 나가는 기차도 눅눅하다. 이 선
로로 들어오는 기차를 타고 프랑크푸르트 역으로 가는 시간은 대략 네

시간 삼십 분. 프랑크푸르트에서 비행기를 타고 가면 대략 열 시간 혹은 열한 시간. 대충 잡아 열다섯 시간 걸리는 거리에 당신은 있다. 그러니까 그렇게 가까운 곳에 우리는 있다. 그렇게 생각하니 저녁이 더 비릿하다.

3

보리수Lindenbaum

— 빌헬름 뮐러Whilhelm Müller, 1794~1827

큰 문 앞 우물가

그곳에 보리수나무 한 그루가 서 있네:

나는 나무 그늘에서

많은 달콤한 꿈을 꾸었네

나는 나무껍질 속으로

그렇게 많은 사랑의 말을 새겼네:

그 말은 기쁨과 괴로움 속에서

그에게 나를 줄곧 끌어당겼네

오늘도 나는 방랑을 해야만 하네

깊은 밤 속을 지나,

그래서 나는 어둠 속에서 가까스로

눈을 감았네

그리고 나뭇가지들은 살랑거렸네,

마치 나를 부르는 것처럼:

나에게로 오렴, 벗이여,

여기에서 너는 휴식을 찾는다!

차가운 바람은

내 얼굴 속으로 불어오고,

모자는 머리에서 날아가네,

나는 그대로 있었네

지금 나는 많은 시간 동안

그곳으로부터 멀어지네,

그리고 언제나 나는 살랑거리는 소리를 듣는다,

너는 그곳에서 휴식을 찾을 거다!

칠기 박물관 앞에서
―언제나 이곳으로 돌아오기 위하여

기차역을 빠져나오면 제일 먼저 보이는 것이 자전거 보관소이다. 자전거 도시로 유명한 이곳에는 아예 자전거 보관소를 따로 마련해놓고 있다. 자신이 타던 자전거를 맡기거나 여행객들에게 자전거를 대여해주기도 한다. 찻길 옆에는 언제나 자전거 길이 별도로 있다. 자전거가 많은 만큼 자전거 도둑들도 많다. 중고 자전거를 샀다가 장물이어서 곤욕을 치르는 이도 적지 않다. 하지만 자전거는 이 도시의 얼굴 가운데 하나다.

스카이라인이 높지 않은 도시의 중심가는 자전거로 달리거나 걸어다니는 것이 가장 적합한 방법이다. 완만한 건물만이 서 있는 도시 중심가는 자동차 수를 극도로 제한한다. 중심가로 차를 바로 몰고 들어가지 않고 중심 외곽에 우행도로를 지어두고 그곳을 지나서 어느 주차장에 차를 세워두도록 도시 행정가들은 권한다. 스카이라인이 높은 건물들이 도시 중심가에는 없다. 그들은 도시 외곽으로 쫓겨난다. 스카이라인이 높지 않은 도시들은 삶이 조금은 느려도 좋다고 권하는 곳이다. 그러니 자전거로 이동해도, 걸으면서 다녀도 시간은 인간을 재촉하지 않는다. 난만한 스카이라인은 사람들을 일단 안심시킨다. 빌딩과 빌딩 사이에서 겨울이면 불어오는 차가운 바람도 없고 여름이면 빌딩의 사무실들이 틀어놓은 에어컨의 그 무지막지한 덥고도 냄새나는 바람도 없다. 골목과 골목은 널널하다.

독일로 오기 전 나는 여의도에서 일을 했다. 여의도에 전철이 없을 만큼 오래된 일이다. 모두들 높고 높은 지상에서 일을 했다. 그 옆에 서 있는 아파트들도 높았다. 허공에서 사는 삶이라는 느낌이 드는 건 일이 고되고 언제나 과로를 해야 겨우 집값을 내고 밥을 먹을 수 있는 삶의 조건 때문만은 아니었다. 허공에서 일을 하는 몸이 먼저 아는 까닭이었다. 가슴이 답답하고 자주 기침을 했으며 어지러웠다. 엘리베이터를 타고 내려와 바깥으로 나오면 멀리에는 63빌딩이 한강변에 거대한 남성 성기처럼 서 있었다. 그 높이는 건물 너머의 모든 것을 가렸다. 그 건물의 전망대로 올라가야만 내가 일하는 곳의 저 너머는 보일 것이다. 건물이 막아놓은 저 너머는 도시의 인간에게 더 높은 곳으로 가라며 참혹한 경쟁의식을 조장한다. 저렇게 높은 곳에 한 번은 가보아야 인생이라고 도시는 시민들을 높은 건물로 꼬드긴다. 그곳의 높은 층에는 고급 식당이 있어서 한강을 바라보며 낭만적인 식사를 할 수 있다고 하지만 그것은 도시가 제공하는 거짓 낭만이었다. 시멘트 덩어리와 철골 사이에 낭만이 있다면 그것은 돈으로 사야만 하는 낭만.

칠기 박물관 앞에서

그때 나는 사랑하는 사람도 있었다. 하지만 그 사랑조차 저 건물의 억압에는 아주 무기력했다. 그것이 이 문명사회를 사는 나의 치유되지 못할 상처였다. 사랑마저도 나를 치유하지 못하는 저 극악한 도시의 스카이라인.

점심시간이면 모든 건물들에서는 밥을 먹으러 나오는 사람들이 쏟아졌다. 식당들은 좁고 시끄러웠으며 식당에서 일하는 사람들은 바빴고 그 난리중에 김치찌개, 우렁 강된장 비빔밥 한 그릇을 얼른 해치우고 사무실로 돌아가야 하는 사람들로 들끓었다. 나도 그중 하나였다. 서둘러 밥숟갈을 놓고 밥값을 지불하고 밖으로 나와 건물과 건물 사이를 통과해서 다시 허공으로 올라가야 하는 삶이 매일매일 기다리고 있었다. 사랑하는 사람들이 많았던 그 도시를 떠나고 싶었던 가장 큰 이유는 빌딩 때문이 아니었을까, 하는 생각을 하곤 한다. 그럴 때마다 나는 나를 비겁하다고 생각한다. 그곳에 살면서 버텨내어야 했던 건 아닐까. 싸우고 지지고 볶고 끝까지 갈 대로 가면서 그 '즐거운 지옥'을 살아버려야만 했던 건 아닐까. 그리고 그 지옥에서 서둘러 오는 저녁을 그 못생긴 빌딩들 앞에서 바라보아야 하지 않았을까.

우행도로를 건너면 뮌스터의 중심가를 둥글게 품은 푸른 구역의 구석에 칠기 박물관은 서 있다. 옛 부유한 이의 빌라를 박물관으로 만들었는데 그곳에는 한국, 중국, 일본과 이슬람 세계의 칠공예품이 진열되어 있다. 사업가인 에리히 츠쉬호케Erich Zschocke, 쿠르트 헤르베르츠Kurt Her-

푸른 반지 입구의 칠기 박물관. 이 빌라에 들어 있는 이국적인 칠기들은 고향을 떠나왔다.

berts가 평생을 모은 칠기 공예품들이 전시되어 있다.

유럽의 박물관들은 어쩔 수 없이 식민주의 시대의 부채를 안고 있다. 유럽 박물관에 보관되어 있는 많은 전시품들이 식민지 시절, 합법적으로 혹은 비합법적으로 유럽에 들어온 까닭이다. 이 칠기 박물관에 있는 많은 전시품들은 두 사업가가 사재를 털어 모은 것이다. 즉 합법적으로 모은 것이다. 그러나 이 공예품이 거래되던 모든 노선이 합법적일 수만은 없었을 것이다. 이라크와 시리아 전쟁이 일어나면서 미술 시장에서 거래되는 전쟁 지역에서 온 유물들에는 피 묻은 손이 뒷배경인 것처럼. 또한 수집가들의 호사 취미라는 것에 대한 거부감이 나에게는 있는데

칠기 박물관 앞에서

아마도 미술 시장에 점점 투기의 몰염치한 손들이 모여드는 것을 보면서 생겨난 삐딱한 시선일 것이다. 어떤 예술품이나 고고학적인 유물들이 어느 개인의 소유로 들어가는 것은 이 시대 문명의 한 그늘이라고 나는 생각한다. 가난에 시달리며 그림을 그리던 화가들은 생전에 저런 거대한 돈다발을 받아본 적이 없었을 것이다. 어느 옛날, 저런 물건들을 만들던 이름 없는 문명 속의 수공예자들에게 미술 시장의 경매 같은 것은 상상도 못할 일일 것이다.

그러나 나는 이 박물관이 좋았다. 단 한 조각의 고향이 그곳에 있는 것 같았다. 내 고향의 수공예 예인들이 만들었던 자기를 박아넣은 칠공예품. 작은 갑 위에 있는 조개껍질로 만든 나전칠기. 저 조개들도 내 고향의 해안에서 혹은 바다에서 자랐으리. 우울할 때마다 나는 그 박물관에서 어슬렁거렸다. 박물관 안은 조용했고 나전칠기들의 빛으로 은은했다. 버드나무 밑에 있는 우물에서 물을 긷는 처녀, 곰방대를 물고 소를 모는 노인, 여의주를 감아쥔 용들, 목욕하면서 빨래까지 하는 여인들…… 어려서 흔히 보던 동양화 속의 풍경들이 나전으로 얌전하게 박혀 있는 그 앞에서 나는 내 고향의 모습이 이렇게 이국적일 수도 있겠구나, 싶었다. 내 고향의 풍경인데도 독일의 한 도시에 있는 작은 박물관에 전시된 그 풍경은 기묘한 향수와 이국적인 경이감으로 나를 이끌었다. 만일 내가 한국에서 이런 칠기들을 본다면 이런 느낌을 받을 수는 없었을 것이다. 장소의 이동이 가져다주는 느낌의 변화 앞에서 나는 기묘한 환상의 시간을 가질 수가 있었다.

그리움이 잠시 찾아들면 박물관 앞에 서 있는 건물보다 더 높은 보리수들을 보려고 박물관 바깥으로 나왔다. 보리수 그늘에 기대어 서서 배낭에 넣어둔 물병을 끄집어내어 물을 마시며 작은 도시락에 든 빵을 먹었다. 문득 아주 오래전에 독일 가곡으로 들었던 〈보리수〉가 생각났다. 이 노래의 가사는 요절한 시인 뮐러의 것이다. 〈겨울 나그네〉 연작 가운데 하나인 〈보리수〉는 아무리 방랑과 방랑을 거듭해도 다시 돌아오는 공간을 보여준다. 슬플 때나 기쁠 때나 찾던 곳. 나만의 은밀하고도 가장 익숙한 곳, 보리수나무 그늘. 모든 것이 변하고 떠나도 그 자리에 서 있는 어떤 중심. 다시 방랑의 길을 가는 모든 낭만주의자들의 아픔과 고적함을 상징하는 나무. 칠기 박물관 앞에 서 있는 보리수나무는 이 도시에서 살아가는 동안 내가 가장 자주 찾아오는 곳이 되었다. 그 나무 밑에서 오래된 노래를 흥얼거리며 내가 떠나온 중심에 대해, 내가 그립다고 생각하지만 절대 그리움을 발설하지 못할 장소와 사람에 대해 나는 자주 생각하곤 했다. 원치 않았던 이별과 길에서 만났던 수많은 여관들과 낯선 사람들. 다시 찾아올 이별과 사랑 같은 것들. 그리고 이 모든 것의 중심에는 당신이 있었다. 내가 누구라고 정의할 수도 없는 당신이. 너무나 흐릿하고 아득해져 이제 당신이라고 부를 수도 없는 당신이. 멀리서 불러본다, 당신이여…… 당신은 이 보리수 앞에 아직 서 있는가. 나를 기다리라고 바랄 수는 없다. 하지만 나는 말할 수 있다. 당신이여, 당신은 이곳에서 가장 순결한 당신을 기다릴 마음이 아직 있는가.

목으로 넘어가던 물과 빵의 들쩍지근함 가운데 그리움이 뜨거워질 때

칠기 박물관 앞에서

칠기 박물관 건너편의 벤치에 앉아 고향을 생각한 적이 있었던 오후들.
빛은 바래나 고향은 가까웠다.

나는 보리수를 떠났다가 그리움이 다시 어깨를 뻐근하게 눌러올 때면
다시금 보리수를 찾아갔지요. 그 자리에 나무는 있었고 박물관도 있었습
니다. 박물관 안에는 칠기라는 손에 잡히는, 그러나 유리관이 우리 사이
를 막고 있어 잡아볼 수 없는 어떤 그리움들이 들어 있었습니다. 그런데
우리는 그곳에서 우리를 기다리고 있었나요? 그냥 물어봅니다. 나 역시,
순결하다고 믿었던 시간을 배반할 수밖에 없었던 초라한 인간이었기에.
보리수는 저렇게 창창하고 햇빛은 모든 벤치의 금속 팔걸이 위에서 빛나
는데.

4

나는 시끄러운 그늘 밑으로 간다Ich gehe unter lauter Schatten

— 알렉산더 사버 그베르더Alexander Xaver Gwerder, 1923~1952

이 무슨 시간이란 말인가—?

숲들은 꿈의 짐승들로 가득하다

내가 단지 알기만 한다면, 누가 언제나 이렇게 소리를 지르는지

정말 모르겠네, 비가 오는지 눈이 오는지,

네가 내게로 오는 길 위에서 얼어붙었는지—

숲들은 꿈의 짐승들로 가득하다

나는 시끄러운 그늘 밑으로 간다—

그물들이 펼쳐졌다 너에게서 나에게로,

그리고 그 안에 잡힌 것은 무엇인지, 여기의 것은 아니다,

우리가 오래전에 잊어버린, 무엇이다

내가 단지 알기만 한다면, 누가 언제나 저렇게 소리를 지르는지—

나는 그에게 조금 주려고 했네

저 고요한 둘이서 마실 술을;

비틀거림을 그리고 행복을 가득하게

나는 그를 위하여 잔을 들련만—

정말 모르겠네, 눈이 오는지 비가 오는지……

내가 너를 떠나고 난 뒤 별들을 더이상 보지 않았다;

네가 나를 위해 축복했던 길도 더이상 모른다,

그리고 심지어 의심하네, 내가 너를 마주쳤는지—

그렇다면 누구였나, 나에게 가라고 했던 이는?

하지만, 너는 나에게로 오는 길을 찾겠지—?

보렴, 내가 끝낼 시간이 온다

숲들에는 꿈의 짐승들로 가득하다,

그리고 그 밑에 있는 나는 여기의 사람이 아니다……

나는 모든 것을 주리라, 내가 너를 찾을 수 있다면!

뮌스터의 푸른 반지
―내가 너를 찾을 수만 있다면!

4.3킬로미터.

뮌스터의 중심가를 둘러싸고 있는 숲처럼 나무가 많은 산책길과 자전거길이 있다. 그 길이가 바로 4.3킬로미터이다. 뮌스터의 지도를 펴놓고 보면 도시 중심가는 수줍게 푸른 반지를 끼고 있는 것처럼 보인다. 원래 이곳은 도시의 방어벽이 있던 장소였다. 18세기, 칠년전쟁이 끝나고 난 뒤 도시 의회는 더이상 이 방어벽이 필요 없다고 선언했고 몇몇 방어벽의 문이 있는 곳을 제외하고는 나무로 둘러싸인 가로수길을 만들었다.

도시를 방어하는 벽은 도시에 사는 사람들과 도시 바깥에 사는 사람들을 구분한다. 너와 나를 투명하게 구별하는 것이 방어벽이다. 방어벽 곳곳에 서 있는 문을 통과하여 도시로 들어오려는 이들은 세금을 내야 하며, 심지어 적들이 도시를 점거하려 할 때 거대한 싸움을 벌이기도 해야 한다. 그러니 도시 의회와 시장이 더이상 이곳에는 벽이 필요 없다고 결정했을 때 이제 도시는 누구에게 속하는 것이 아니라 모두에게 속하는 장소가 되었다. 그리고 지금, 자전거와 산책하는 사람들이 옛 방어벽이었던 그곳을 가득 채운다. 기차역을 지나서 걸어오다가 대로로 걷지 않고 사잇길로 걷자 싶을 때 너른 풀밭을 지날 수 있다. 그리고 문을 지나면 갑자기 일렁이는 푸른 물결 속에 들어서게 된다. 또한 도심에서는 어느 곳이든 이 길로 들어설 수가 있다. 거리를 가득 메우고 있는 상점들과 인파에 지칠 때면 가로수길로 들어간다. 언젠가 너와 나를 구별하던 벽이 이제 내가 너에게로 가는, 또한 네가 나에게로 오는 소통의 길이 된 것이다.

도심의 상점들이 치명적인 소비의 유혹으로 가득하다면 나무가 빽빽하게 들어서 있는 가로수길은 소비를 잊으라고 권하는 푸른 등불이다. 유혹에 못 이겼던 손에는 그 벌로 도심의 상점에서 산 물건들이 든 쇼핑백이 들려 있고 오늘 아침에 새로 갈아입은 티셔츠에는 거리에서 피자를 먹다가 묻은 토마토소스가 묻어 있다. 물티슈로 꾹꾹 눌렀건만 벌건 자국은 지워지지 않았다. 티셔츠에다 오늘 점심 메뉴를 써놓은 것 같은 기분. 좀 처참해진다. 그리고 가로수길. 길에 들어서자마자 갑자기 어두운 푸른 그늘에 붙잡힌다. 시원하다 싶기도 하고 섬뜩하다 싶기도 하다. 도대체 여기는 어디지 싶다. 인도 옆에는 자전거길. 자전거를 탄 사람들은 빠르게는 무려 시속 15킬로로 달린다. 자전거의 행렬에 부딪히는 짧은 생각, 생각들.

푸른 반지의 길.
이 길은 시끄러운, 푸른 그늘의 길이다.

性

치마를 입은 여인은 허벅지가 드러나는 것도 마다하지 않는다: 이 허벅지를 보면서 관능보다는 스포츠의 상쾌함을 느끼는 건 여인의 허벅지가 르네상스 시대의 그림에 나오는 풍만한 미녀보다 더 굵기 때문이다. 애초부터 슈퍼모델이 될 생각이 없었던 여인의 허벅지는 일상을 달려가는 자전거를 굴리며 더욱 아름다워진다. 우리의 규격화된 심미안을 여인의 허벅지는 철저히 무시한다. 규격에서 벗어난 허벅지는 전시되기 위해서 존재하는 것이 아니라 살아가기 위해 있는 필수불가결한 신체의 한 부분임을 입증한다. 자전거 뒤에 실린 바구니에 머리를 뾰족하게 드러내는 파 한 단과 긴 빵, 그리고 꽃다발 하나가 그 증거이다. 와인도 한 병 들어 있다. 자전거는 저녁을 향하여 저렇게 흐드러진 허벅지의 힘으로 굴러가는 중이다.

자전거에다 아이들을 실을 수 있는 수레를 연결하고 아이들을 태우고 지나가는 엄마도 있다: 자전거의 손수레에 실려서 가는 아이들을 볼 때마다 나에게도 누군가에게 의지해서 실려가던 날이 있었다는 걸 떠올렸다. 유모차의 시절은 잘 생각나지 않는다. 내가 아이였을 적 그때는 1960년대. 아마도 유모차라는 건 없었는지도 모른다. 그때 어머니들은 아이들을 업고 다녔다. 나에게는 느린 걸음걸이로 누군가에게 업혀 간 기억이 드문드문 몇 장의 흑백사진처럼 남아 있다. 맑은 하늘. 감나무에 피던 꽃. 탱자나무 울타리. 저녁노을. 별. 음향도 몇몇 내 귓속에 남아 있다. 그릇 부딪치는 소리. 동네 아주머니들끼리 싸우던 소리. 외마디 같은 욕들. 귓가를 맴돌던 모깃소리. 바닷가의 물결 소리. 냄새도 생각난다. 김

치 냄새. 된장. 젓갈. 은은한 기름 냄새. 생선 썩는 냄새. 꽃향기. 절간의
향내음. 계곡의 물내음. 어머니에게 업혀 다니면서 머리에 저장된 그림
들과 소리들, 냄새들은 사뭇 단발마적으로 끊겨 있다.

아마도 어머니의 걸음걸이처럼 끊기다가 이어지고 다시 또박또박 걸
어가는 그 느림이 내 어린 머릿속에 끊기는 그림들을 만들어주었는지도
모르겠다. 자전거에 실려가는 아이의 머리에는 어떤 그림들이 남을까?
영상처럼 흐르는 그림들? 끊임없이 이어지는 소리와 향기? 아이가 소리
를 지르며 울자 어머니는 자전거를 멈추고 길가로 자전거를 댄다. 수레
속 아이를 살펴본다. 자전거 앞바구니에서 물병을 꺼낸다. 사과주스와
탄산수를 섞은 물. 아이에게 마시게 하고는 입을 닦아준다. 토닥토닥 등
을 두들겨 아이가 트림을 하고 나면 어머니는 수레의 그물 덮개를 덮는
다. 그리고 다시 달린다. 언젠가 아이가 어른이 되면 늙은 어머니에게 저
렇게 할 것이다. 아니 저렇게 해주었으면 좋겠다.

털이 기다란 커다란 아프간하운드를 끌면서 자전거는 달리기도 한다: 자
전거가 개를 끌고 가는지 개가 자전거를 끌고 가는지 알 수 없다. 아프간
하운드는 아주 빠른 개이다. 집에서 그 개를 기르려면 자전거로 달리면
서 하루에 두 번 정도 산책을 꼭 시켜주어야 한다. 한데 이놈은 자주 자
전거보다 더 빠르게 달리려고 한다. 이때 주인이 자전거에 속력을 더 내
어서는 안 된다고 언젠가 들었다. 그러면 개는 한사코 더 빨리 달리려고
만 한다. 언제나 일정한 속도를 유지해서 개에게도 일정한 속도감을 심

어주어야 한다. 한데 저런 사냥개를 집안에서 키우려는 아둔한 짓을 해야만 할까. 개는 도시의 가로수길보다는 마른 스텝을 달리고 싶지는 않았을까. 인간의 허영은 개에게 도시에서 사는 법을 익히라고 강요한다. 개에게는 선택의 여지가 없다. 이곳에서 살아야만 한다. 동물 사육의 역사에서 인간에게 가장 먼저 사육되었다는 개. 그들이 인간이 거처하던 마을로 내려와 인간이 남긴 음식물을 먹을 때부터 저 운명은 시작되었다. 서로 덕을 보자고 시작된 관계였는데 그 관계를 인간은 너무나 이용해먹는다.

누워서 타는 자전거도 지나간다: 그들은 마치 지난 꿈에서 뛰쳐나온 영상 같다. 자전거 속도에 가로수길은 누워 있는 것처럼 보이기도 하고 거꾸로 선 것처럼 보이기도 한다. 마치 진이정의 유고 시집 『거꾸로 선 꿈을 위하여』에 문득 들어선 느낌이다. 독일에 와서 처음 그 자전거를 거리에서 보았을 때 나는 아, 내가 다른 나라에 있구나, 싶었다. 누워서 타는 자전거 역시 앉아서 타는 자전거처럼 앞으로 가는 자전거이다. 보통 달릴 때 우리들은 앉아 있다. 달리는 차, 기차, (날아가는) 비행기 안에서 누워 있을 때는 몹시 피곤할 때이다. 물론 지구 바깥으로 가는 비행선에서는 다른 경험을 하겠지만 앉는다, 라는 것은 달려갈 때의 기본자세이다. 누워서도 달릴 수 있는 자전거는 발상의 기묘한 전환이다. 마치 직선과 사각형이 아니라 곡선과 원형으로 건물을 설계하는 설계가처럼. 도심의 빌딩 옥상에다 텃밭을 가꾸는 사람들처럼. 누워서 달리는 자전거를 탄 남자의 뱃살은 어느 헬스클럽에서 단련한 근육보다 단단할 것이다.

푸른 가로수의 그늘에서 단련되는 근육은 어떤 빛을 가지고 있을까.

그리고 사람들은 가고 또 가고 있구나: 어디로?

어쩌면 오늘 도심으로 나온 건 우연이 아니었다. 몇 가지 일을 해치우고 별로 필요도 없을 것 같은데 꼭 가져야만 하리라, 고 진심으로 믿는 소품 몇 개를 사느라 상점들을 어슬렁거렸던 건 '너'에게로 가는 길이 막혀 있었기 때문. 우리가 막연히 '너'라고 명명하는 것은 꼭 단 하나의 대상만이 아니다. '너'는 나일 수 있고 연인일 수도 있고 길일 수도 있고 오지 않을 것 같은 소망일 수도 있고 풀리지 않는 물음일 수도 있다. 어쩌면 그 푸른 그늘을 걸으면서 우리는 '너'가 누구인지 무엇인지 찾을 수 있을지도. 그러나 '너'에게로 가는 길은 언제나 그렇듯 쉽지 않다. 마치 그베르더의 시처럼 말이다.

그베르더는 스위스의 시인이었다. 그는 서른이 채 되기 전에 자살했다. 물론 그는 혼자 죽으려고 한 게 아니었다. 애인과 함께 반 고흐가 그림을 그리던 프로방스의 아를에서 죽으려고 했다. 그곳에서 애인은 살아남고 그는 죽었다. 둘 다 아편을 먹고 손목을 그었다. 그가 살아 있었을 때 그는 단지 몇몇 문학비평가와 출판인에게 인정받는 재능 있는 시인이었다. 죽고 난 뒤에도 몇몇 시들은 유명했지만 그는 언제나 비밀에 싸인 시인이었다.

이 시인은 1923년에 태어났고 1952년에 지상과 이별했으니 이 시인의 짧은 삶에는 2차대전이라는 큰 전쟁이 들어 있다. 히틀러의 권력이 유럽을 지옥으로 물들일 무렵 사춘기를 보냈던 시인은 처음에는 그 거대하고도 검은 힘에 매혹되었다고 한다. 하지만 군대를 경험하고 난 뒤 그는 곧 모든 군대 권력의 반대자가 되었고 병역의무마저 거부했다. 그에게 군대를 강요하던 그 당시의 스위스를 그는 혐오했고 이미 결혼을 했고 자식이 둘이 있었으며 인쇄소에서 일을 했다. 그리고 열 살 어린 열아홉 살의 연인을 만나면서 그는 이 지상을 떠나기 전에 쓸 수 있는 아름다운 시를 쓰고는 자살했다. 처음 그의 시들은 엘제−라스커 쉴러Lasker Schüler−Else나 고트프리트 벤Gottfried Benn과 같은 선배의 시들에 더 나아가서는 19세기 말과 20세기 초의 시인들의 그늘에서 쓰였다. 그리고 그는 '너'를 발견했다. 그러자 그만이 쓸 수 있는 시들이 쓰이기 시작했다. 사랑은 그에게 언어를 주었다.

한 산책자가 나무들이 장악한 제국으로 들어온다. 가지각색의 나무들. 무엇보다도 나무와 나무 사이의 거리들. 가득한 잎들 사이사이, 문득문득 보이는 하늘, 햇살. 산책자는 그 사이를 본다. 꿈의 짐승들로 가득찬 숲. 이것은 산책자의 내면이다. 산책자의 내면은 일렁이는 꿈의 무늬로 가득하다. 그 산책자가 지금 보는 숲은 그의 내면에서 나온 꿈의 짐승들로 가득하다. 푸름의 그늘은 정지되어 있는 그늘이 아니다. 바람이 나뭇가지와 잎들 사이를 지나갈 때 그늘은 움직이며 소리를 낸다, 시끄럽게. 그 밑을 산책자는 너를 생각하면서 걷는다. 너는 언젠가 있었다.

그리고 지금은 부재중. 나는 너에게로 가고 너는 나에게로 온다. 이 일이 도무지 믿기지 않는다. 누군가 나를 향하고 있는 것, 내가 누군가에게로 향하고 있다는 것.

시끄러운 그늘.
그 아래에서 걸어간다, 너에게로.

가는 길에 그는 날씨조차 잊어버린다. 내가 너를 떠나고 난 뒤, 이 세계에서 일어났던 모든 일들은 아무것도 아닌 것처럼 보인다. 이 세계라는 공간은 너와 나만을 허락한다. 네가 있어야만 의미가 있는 세계. 그러니 내가 너에게로 향하는 순간, 심지어 내가 너를 정말 만난 적이 있는지도 의심스러운 순간, 나 역시 이미 이 세계의 사람이 아니다. 어디, 다른 별의 사람. 너를 찾아낼 수만 있다면 가지고 있는 모든 것을 주고 싶은 순간, 이 모든 순간들은 나무들 사이에서 일어난다.

그리고 계속해서 걷는다. 문득 길가로 연못이 나타난다. 이 연못은 이곳이 18세기까지 방어벽이 서 있었다는 흔적이다. 방어벽 뒤에는 벽을 따라 물길을 파서는 적들의 공격을 어렵게 했다. 그 물길 가운데 유독 깊은 곳은 흙을 메우지 않고 연못을 만들었다고 한다. 나무들이 곧게 자라지 않고 물을 찾기 위해 고개를 숙이면서 드리워진 그늘이 이 물의 표면을 더 어둡게 한다. 물의 표면은 고요하다. 가까이 다가가서 물을 들여다본다. 언젠가 흑요석으로 만들어진 옛날의 거울을 박물관에서 본 적

길옆에는 연못이 있다. 이 연못의 정적은 속임수이다. 고여 있는 물은 고요하지 않다. 쉴새없이 움직이는데도 언제나 갇혀 있는 무언가가 들어 있다.

이 있다. 거울이 귀중품이었던 시절, 매일매일 하루에도 몇 번씩 자신의 얼굴을 확인하는 일은 누구나 할 수 있는 일은 아니었다. 흑요석의 검은 표면을 매끈하게 갈아서 만든 거울을 보면서 저렇게 검은 거울로 얼굴을 바라보는 느낌은 어떨까, 싶었다. 얼굴이라는 윤곽만을 확인하는 일은 아니었을까, 싶었다. 흑요석의 표면은 거울로 자신의 얼굴을 바라보게 하긴커녕 검은 표면 저 너머에 어떤 다른 자아가 살고 있다는 느낌을 주지 않을까 하는 생각도. 너무나 푸르러서 검어진 물의 표면을 지나면 무엇이 나타날까. 어른거리는 뒤편에 존재하는, 항상 움직이는데도 이곳을 빠져나갈 수 없는 내가 들어 있지는 않을까? 정적을 가장한 소란함

뮌스터의 푸른 반지

에 문득 움찔한다. 고여 있는 물은 정적이 아니다. 나갈 수 없어서 비명을 지르는 무언가가 들어 있다. 나갈 수 없으니 '너'에게로 갈 수 없는 마음의 표상.

그랬지요, 언제나 닿을 수 없는 곳에 '너'는 있었습니다. 철학자 가다머는 언젠가 파울 첼란의 시들에 대한 해석 에세이를 썼는데 그 책의 제목은 '누가 나이고 누가 너인가?'였습니다. 가다머의 해석학적인 입장에서의 철학적인 담론을 나는 잘 모릅니다마는 이 제목만은 그냥 그대로 이해할 수 있을 것 같았습니다. 나는 너를 향해가고 있다고 우리는 말하지만 사실 그런가요? 나를 나는 잘 모르는데 너를 알 수 있을까요? 그런 의미에서라면 내가 '너'라고 불렀을 때 '너'는 아마도 '나'이고 '나'와 '너'는 하나로 녹아 있는 상태입니다. 나무의 푸른빛이 경계를 지우며 우리 머리 위로 드리워져 있는 것을 보며 이 경계가 지워진 곳에 우리는 있지 않을까, 싶네요.

하지만 마음은 언제나 '나'로 향해 있는 인간의 이기심. 그 가운데 혼자 있을 수 있는 방에 대한 이기심은 속절없고 아리다. 그렇게 '너'에 열중해 있으면서도 나는 혼자만의 방을 그리워했지.

이 푸른 반지의 뒤에는 2층이나 3층 정도의 낮은 집들이 열을 지어 서 있다. 사람들이 드문 아침 무렵 이곳을 걸어갈 때마다 나는 집들을 바라보았다. 매일 저렇게 푸른 나무를 보며 잠에서 깨어나는 것은 얼마나 좋을까. 아침잠에서 깨어나지 않은 닫힌 창문들은 아직 어스름에 잠겨 꿈을 꾸고 있는 듯했다. 나는 집을 갖고 싶지는 않았지만 푸른 반지가 보이는 곳에 방을 하나 가지고 싶기는 했다. 밤이 늦도록 저 방에서 책을 읽거나 시를 써보고 싶다는 생각. 서서히 깨어나는 창문의 실루엣, 그 사이사이 비와 바람, 혹은 진눈깨비. 모든 날씨를 이기며 깨어나는 도시의 기적. 그 모든 냄새와 소리를 뜨거운 커피를 마시면서 충혈된 눈으로 저 푸른 반지의 나무들을 오래 바라보며 아침이 수다스러운 오전이 되는 순간을 마냥 바라보고 싶다는 생각. 오늘 일을 나가지 않으면 내일을 이어갈 아무 양식을 살 수 없는데도 이기적인 고독만으로 자유롭고 싶다는 아주 깊은 이 무책임의 욕망. 모든 고독의 어릿한 어깨를 문지르며 어느 작은 방에서 더이상 이 사회에 적응할 수 없을 때까지 망가지고 싶다는 욕망. 몇 시간 뒤면 다시 책임감으로 손발을 움직일 수밖에 없는 일상을 살아가야 하는 이러한 나, 라는 정상적이고도 무력한 자아.

어쩌면 나의 자아는 내면 속에 무너지지 않고 굳건하게 서 있는 방 하나가 필요했는지도 모른다. 살아가면서 가졌던 많은 방들은 다만 조각조각인 채 기억 속에 헝클어져 있다는 느낌. 단 하나의 공간만이라도 온전하게 내 내면에 남을 수 있다면.

하지만 저 푸른 반지 곁에 열을 지어 서 있는 비싼 집에 살아볼 수 있는 물질적인 여유가 나에게는 꿈. 다만 꿈꿀 수 있는 시간만이 나에게는 있으리라. 그러니 소녀 같은 바람이여, 너도 나다. 이 도시의 아침에 푸른 반지를 걷다가 가질 수 없는 방의 꿈을 꾸는 나는 너이고 이렇게 설레는 무력한 나 또한 너다. 푸른 반지는 이어지고 우리의 무력한 욕망은 푸른빛에서 죽고 그러다 다시 살아난다, 푸른, 푸른, 이 고요하고도 시끄러운 그늘이여.

$\underline{5}$

8월August

—젤마 메르바움 아이징어Selma Meerbaum-Eisinger, 1924~1942

그렇게 춥다—

유령의 모습으로

나, 그곳에 앉아 있다

비는 눈물을 흘리며

나와 하나가 되었네,

멀게 그리고 가깝게

동경은 푸르러지고

나에게 가까이 익숙하고

그리고 친근하고

동경은 내 속에 있고

너를 바라본다

매혹처럼

눈물에 무거워진

망령처럼 빈

내 눈길

눈길은 너를 바라본다

고통에 가득차서 그리고

돌아올 수 없다

1941년 6월 30일

츠빙어Zwinger에서
—잊음에 대항하기 위하여

푸른 반지 속을 계속 걷다보면 이곳에 도착한다. 츠빙어.

이 지상의 모든 도시에는 도시에서 일어난 역사적인 일들이나 그곳에서 살았던 명망가들을 기리는 기념물이나 기념관이 있다. 독일어에는 긍정적인 의미로 무언가를 기리는 기념물을 뜻하는 말로 뎅크말Denkmal이 있고, 어떤 부정적인 사건을 경고하는 기념물이라는 뜻을 가진 만말Mahnmal이라는 말이 있다. 건축학적인 의미에서 츠빙어는 중세시대부터 도시의 방어를 위한 내벽과 외벽 사이에 지어진 공간을 뜻한다. 뮌스터의 옛 방어벽이 허물어진 자리에 남은 츠빙어는 뎅크말이 아니라 만말이다. 이런 만말이 독일에는 많다. 베를린의 '기억교회Gedächtniskirche'도 그 한 예이다. 베를린의 옛 중앙역에 도착하면 가까운 거리에 그 교회가 보였다. 폭격을 맞은 교회의 탑을 부서진 그대로 두면서 주변 환경을 건설했다. 기억교회 맞은편에는 그리 볼품이 없는 '유럽 센터'가 있는데

길을 맞대고 서 있는 베를린 영화제가 열리는 극장과 함께 이 기억을 붙잡는 교회는 만말로 서 있다.

경고한다. 우리가 과거에 무엇을 했는지, 우리는 그 과거에 무엇이었는지.

교회의 부러진 첨탑을 보면서 이 도시에 어떤 일이 50여 년 전에 일어났는지 우리는 짐작한다. 이 교회의 첨탑이 무너진 것은 자연재해 때문이 아니었다. 어떤 광신도 같은 정치집단이 저지른 만행의 결과였다. 전쟁과 살육, 그리고 인종 학살, 이 모든 죄악을 증언하느라 저렇게 우뚝하게 서 있는 기억교회의 부서진 첨탑.

츠빙어. 이곳에서 무슨 일이 일어났는지는 그 안에 고여 있는 시간만이 증언한다.

츠빙어에서

좋은 일을 기억하는 것은 따뜻하지만 나쁜 일을 기억하는 것은 새록새록 아프다. 그 아픔을 건더내어야만 하는 것도 기억의 일이다. 기억하지 않고 묻어버린 공동체의 과거는 언젠가는 그 공동체에게 비수를 들이댄다.

뮌스터의 츠빙어는 이미 16세기부터 존재했다고 한다. 한동안 이 시설물에는 화약가루를 빻는 물레가 설치되었고 17세기에 들어서면서 이곳은 중범죄자를 수용할 감옥으로 계획되었다가 결국 무산되었다. 1910년 도시는 이 시설물을 사들였고 1919년부터 1935년까지는 화가들의 집과 아틀리에로 사용되기도 했다. 나치가 이 도시를 장악하던 당시, 츠빙어는 '뮌스터 히틀러소년단의 문화의 집'으로 사용되다가 나중에는 게슈타포의 구금 수용소로 사용되었다. 게슈타포들은 이곳에서 당시 소비에트에서 끌려온 포로들을 사형에 처하기도 했다.

이곳에는 시간이 고여 있다. 천장이 없는 둥근 벽돌 건물. 지름 24미터, 4미터 60센티미터의 벽 두께. 푸른 반지의 나무들로 둘러싸인 츠빙어를 바라보면 수많은 시간들이 갇혀 있는 시간의 호수라는 느낌이 든다. 다른 시간대에 일어난 일들이 둥근 벽에 갇혀 엉켜 있는 공간. 한때 도시 방어를 위한 망루였다가 화약가루를 빻는 곳에서 감옥소로 계획되었다가 다시 화가들이 작업을 하던 곳으로, 그리고 사형 집행 장소로 사용되었던 시간들이 이 안에 한데 고여 있다. 이곳을 들락날락하던 사람들은 이미 이 지상에는 없고 다만 경고 기념관으로 관광객들이 찾아오

닫힌 철조망의 창문 뒤에는 어떤 억울한 울음이 입을 막고 앉아 있다.

막아버린 창문. 그러나 창문 뒤에 있는 모든 것들을 막을 수는 없다.

츠빙어에서

는 곳. 그들 역시 자신의 시간을 이곳에 떨구어놓고 갔을 것이다. 이곳을 누구는 망루로, 누구는 아틀리에로 누구는 사형 집행소로 여길 수 있겠지만 이곳은 보는 이의 의지가 관철되지 않는다. 모든 시간들의 기억만이 바깥으로 나오지 못한다. 다만 얼룩덜룩한 영혼을 기워 입고 병든 짐승처럼 그 안에서 엎드려 있다.

뮌스터라는 도시만이 나치의 광기에 휩싸여 든 것은 아니었다. 그 당시 독일 전체는 파시즘의 주먹에 꽉 잡혀 있었다. 나치 시절, 이곳에는 나치 정권을 위한 새로운 건물들과 병영들이 줄줄이 설치되었으며 소년들을 위한 행글라이더 비행 시설이 들어섰다. 뮌스터는 당시 인근에 있는 산업 시설이 즐비하던 루르 지역의 영공까지 방어하는 중심지 역할을 했다고 한다. 지금 대학병원이 있던 자리에는 커다란 군병원이 지어졌고 하루에 7만 개의 빵을 만들 수 있는 거대한 곡식 창고가 세워졌다. 그 빵은 인근에 주둔하고 있던 수비대들을 위한 것이었다. 전쟁 동안 이 도시는 백여 차례의 공습을 당했다. 그 가운데 결정적으로 도시를 파괴한 것은 1943년, 미국 비행기의 대규모 공습이 일어났고 이 공습으로 인해서 도시는 거의 다 파괴되었고 700여 명이 죽었다.

이 사실은 전쟁의 한 면이다.
전쟁의 다른 한 면은 다른 모습을 지닌다.
유대인, 집시들, 동성애자들, 성매매자들, 정적들, 성직자들, 여호와의 증인들, 지능이 떨어지는 이들, 유전적인 결함을 가지고 태어난 이들, 이들은 나치에 의해 감금되어 수용소에서 살해를 당하기도 하고 나치의 의사들에게 거세를 당하기도 하고 거리에서 살해당하기도 했다. 나치 정권이 들어서기 전 뮌스터에는 유대인 교당이 있었고 거의 700명에 가까운 유대인들이 이 도시에 살고 있었다. 그리고 전쟁이 끝나자 거짓말처럼 유대인들은, 그리고 소수자들은 이 도시에서 자취를 감추었다.

거짓말처럼?

아니, 그것은 철저하게 계획된 일이었다. 반유대주의는 유럽에 유대인들이 살기 시작한 이후로 줄기차게 계속된 일이었고 정치적인 상황에 따라 그들의 입지는 넓어지기도 좁아지기도 했다. 그러나 나치의 인종주의는 그들의 존재 자체를 부정하면서 거대한 비극을 낳았다. 그 비극의 희생양은 유대인들이었지만 인간성이 철저히 몰살된 점에서 가해자들에게도 비극이었다. 또한 그 폭력은 유대인에게만 가해진 것이 아니었다. 약한 자들, 사회의 주변에서 살아야만 했던 힘없던 모든 이들에게 가해진 폭력이었다.

언젠가 푸른 반지가 끊어졌다가 다시 이어지는 도로에서 나는 조각 프로젝트의 작품 가운데 하나를 본 적이 있다. 파울 불프Paul Wulf, 1921~1999라는 한 뮌스터 사람의 모습이었다. 그는 독일 사람이었다. 가난한 노동자 집안 출신으로 일찍이 정신박약자라는 나치 의사의 진찰을 받고 거세를 당한 이였다. 그는 전쟁이 끝나고 난 뒤 독일이라는 국가가 한 국민인 그에게 행한 죄악을 묻지만 그의 친구들 말고는 누구도 국가의 죄악

파울 불프를 기리는 신문지와 마분지로 만들어진 설치미술품.

을 묻지 않았다. 다른 이들보다 느리게 배운다는 이유만으로 거세를 당하던 시대. 가난하다는 이유만으로도 번식이 허용되지 않던 시대, 그 시대가 나치 시대였다. 두꺼운 안경을 쓰고 아직도 흔한 신문지로 몸을 표현한 그의 조각상은 이 도시를 산책하는 이들을 오랫동안 불편하게 한다. 어느 시대의 국가는 괴물이다. 그의 구성원까지 거세를 하고는 '건강한 국가'라는 슬로건을 거리에 내건다. 건강하고 잘생기고 돈도 조금은 있어야 사람 행세를 할 수 있는 그 끔찍한 '국가'를 만든다. 오래된 일? 그런가? 그걸 오래된 일이라고, 그 일에서 내일의 모럴을 배웠노라고 당신이 말한다면, 나는 믿고 싶다. 하지만 내 믿음은 언제나 배반당했다.

뮌스터를 걸어다닐 때에는 바닥을 잘 보고 다녀야 한다. 이유는 곳곳에 '걸림돌'이라는 경고물이 보도에 박혀 있기 때문이다. 이 경고물은 독일 조각가인 군터 뎀닝Gunter Demnig의 주도로 이루어졌고 이미 독일을 비롯한 유럽 17개국에 4만 5000개가 설치되었다. 10센티미터 길이의 정방형에 역시 10센티미터의 높이를 가진 황동판. 이 황동판에 새겨진 글귀는 이렇다.

여기에 살았다.

(이름)

(태어난 해)

(사망한 해)

(끌려간 장소)

햇빛이 나는 날이면 황동판은 햇빛에 반짝이지만 주의 깊게 살피지 않으면 눈에 잘 띄지 않는다. 그 걸림돌을 많은 사람들은 그냥 밟고 간다. 그러다 어느 날 보도로 눈을 줄 때 걸림돌은 보인다. 사람들은 잠깐 걷기를 멈추고 들여다본다. 아, 이곳에서 살던 어떤 이가 언제 어디로 끌려갔구나! 이 멀쩡한 도시에, 활기찬 사람들 사이에, 명랑하게 달려가는 자전거들 사이에, 어울려 즐거운 술자리를 벌이는 술집 앞 보도에, 그 돌

츠빙어에서

들은 있다. 희생된 이들에게 잊히는 것은 무자비한 일이다. 잊음을 독촉하는 사회가 비인간적인 것은 이 때문이다. 누군가의 억울한 일을 잊어버리면서 인간은 짐승이 되어간다. 그 짐승은 인간을 다시 억울한 구석으로 몰고 가면서도 자신이 어떤 짓을 하는지 알지 못한다. 그들은 자신의 정당함을 주장하고 관철하려고 한다. 잊음에 저항하는 것은 인간성을 지키려는 최소한의 몸짓이다.

젤마 메르바움 아이징어*는 열여덟 나이에 나치에게 죽음을 당한 루마

뮌스터 곳곳에 있는 걸림돌.

니아 체르노비치 출신의 독일계 소녀이다. 널리 알려진 『안네의 일기』가 산문으로 쓰인 처절한 기록이라면 안네의 나이와 비슷한 젤마의 기록은 거의 알려지지 않았으며 시로 쓰였다고, 그녀의 유고시집에 후기를 쓴 제르케는 말한다. 문학사에는 기적적으로 후대에 전해진 작품들이 많은 데 젤마의 시들 역시 가까스로 살아남은 작품들이다. 그녀의 시가 적힌 원고는 노끈으로 묶여 이스라엘에 살던 그녀의 친구가 보관하고 있었다. 그녀의 친구는 은행 직원이었고 은행 금고에 오랫동안 보관할 수 있었다. 젤마는 시들을 연인에게 바쳤다. 그녀는 아버지를 폐렴으로 잃었고 재혼을 한 어머니, 의붓아버지와 함께 체르노비치에서 가난하게 살고 있었다. 그녀의 원고를 보관하고 있었던 친구는 젤마를 1미터 60센티미터 정도의 키에 갈색 눈에다 곱슬거리는 머리칼을 가졌다고 했다. 젤마는 열다섯 살부터 시를 쓰기 시작했다고 한다. 수업 시간에 싫증이 나면 그는 의자 밑으로 가서 하이네, 릴케, 베를렌, 타고르 등을 읽었다. 학교 수업에 사용되는 언어는 루마니아어였지만 그녀의 모국어는 독일어였다. 그 당시 젊은 유대인들 사이에 한창 일어나고 있던 시온운동의 벗들과 그녀는 프로이트, 카프카, 브레히트에 대해 토론을 하기도 했다. 하지만 그런 정치적인 운동에서 그녀의 시들은 비웃음을 샀다. 아마도 그녀의 시들은 팔레스타인으로 가려는 꿈에 부푼 청년들에게는 꿈에 취한 비현실적인 시들로 읽혔을 것이다. 그녀는 춤을 추는 것을 좋아했고 시온운동에서 만난 연인, 피히만을 사랑했다.

＊젤마 메르바움 아이징어의 일생은 유르겐 제르케Jurgen Serke가 편집한 그녀의 시집 『Ich bin in Sehn-sucht eingehullt』 후기에서 참고.

춤을 추고 연인과 함께 도시의 공원을 산책하던 그녀는 다가올 미래를 알았을까? 어떤 죽음이 그녀를 기다리고 있는지 꿈에라도 알았을까?

1939년에 2차대전은 시작되었다. 그녀가 살던 체르노비치는 우선 소련군에 점령당했다. 소련군은 유대인을 포함한 많은 이들을 시베리아로 보냈다. 다음으로는 독일의 연합군으로 루마니아군이 들어왔다. 그들은 유대인에게 시민권을 빼앗았고 강제 노동을 시켰다. 도시에는 게토가 생겨났다. 젤마와 가족 역시 게토로 들어가야만 했고 결국에는 우크라이나에 있는 강제수용소로 보내졌으며 그곳에서 그녀는 전쟁병이라는 발진티푸스로 목숨을 잃었다.

그녀는 끌려가기 전에 그녀의 연인이었던 피히만을 위해 시들을 남겨두었다. 그는 며칠 체로노비치로 돌아갔다가 그 시들을 받았고 강제수용소에 감금되어 있던 1944년까지 그녀의 시들을 보관했다. 독일이 전쟁에 지고 소련군이 다시 체르노비치를 점령하고 난 뒤 그는 젤마의 시들을 친구인 엘제에게 남기고 팔레스타인으로 가다가 목숨을 잃었다.

젤마의 시들은 그녀의 친구였던 르네와 엘제에 의해 극적으로 구해졌다. 르네는 엘제에게 시들을 받고는 배낭에 넣어 유럽을 횡단하여 이스라엘로 갔다. 폴란드를 지나 헝가리로, 체코로, 그리고 오스트리아를 지나 독일에서 프랑스로, 프랑스에서 배를 타고 이스라엘로 가는 긴 여행 동안 르네의 배낭에는 젤마의 시들이 들어 있었다. 그렇게 가까스로 그녀의 시들은 살아남았다.

그리고 츠빙어 앞에 서서 그녀의 시들을 나는 읽었다.

열다섯 살에 시를 쓰기 시작하여 열여덟에 시쓰기는 물론 생명마저 내주어야 했던 한 소녀의 시들을.

연인 피히만에게 주기 위하여 끌려가면서도 남겼던 시들. 그녀의 친구들이 혼신의 힘을 다하여 구했던 시들.

잊음에 대항했던 인간들의 역사.

인간이 얼마나 잔혹할 수 있는지를 기억하고 그 잔혹에 대항하는 인간의 아름다움을 기억하면서 거의 잊었다가 가까스로 살아남은 순결한 소녀의 시들을 읽는 시간.

건물은 다만 건물일 뿐이라서 츠빙어는 조용하고 다만 들끓는 시간이 그 안에 고요히 고여 있다. 주위의 나무들은 초록의 이파리를 흔들며 이 공간을 채운다. 기억은 그리고 그 초록을 지나 한 사람의 몸에 선명한 상형문자를 새긴다. 이 문자는 어떤 시간이라도 이겨낼 것이다.

츠빙어에서

6

오라Kommt

— 고트프리트 벤Gottfried Benn, 1886~1956

오라, 우리 함께 대화를 나누자

말하는 자는 죽지 않는다,

불길이 혀를 날름거린다

이미 그토록 우리의 궁지 주위에서

오라, 이렇게 말해보자: 푸른 것들,

오라, 이렇게 말해보자: 붉은 것,

우리는 듣는다, 엿듣는다, 본다

말하는 자는 죽지 않는다

네 사막에 혼자서,

네 고비사막 같은 횟빛 속—

너는 외롭다, 가슴속 없이,

중간 대화도 없이, 여자도 없이,

그리고 이미 그렇게 가까이 낭떠러지에,

너는 너의 헐거운 작은 배를 안다—

오라, 네 입술을 열어라,

말하는 자는 죽지 않는다

말하는 자는 죽지 않는다

소금길Salzsatrasse, 그리고 다른 길들
—길 위에서의 그리움

푸른 반지에서 잠시 빠져나와 길로 들어선다. 도심의 상점들이 즐비
한 잘츠 슈트라세Salzstrasse. 우리말로 옮기면 소금길이다. 소금길이라는
이름만으로도 이곳이 옛날 무역상들의 길이라는 짐작을 하게 한다. 이
길은 14세기경에 문헌에 언급되었으니 14세기 이전부터 이미 존재했을
것이다. 이 도시에는 소금이 생산되지 않으므로 어딘가에서부터 소금을
들여와야 했다. 뮌스터는 한자동맹에 들어 있던 도시였다. 뮌스터의 상
인들은 이곳에서 북쪽으로는 스칸디나비아까지, 동쪽으로는 동유럽까
지, 서쪽으로는 영국까지 무역을 했다. 그러니 이 도시를 들락거렸던 외
국 무역상은 뮌스터의 상인들이 드나든 곳만큼 많았을 것이다. 무역상
들은 이 길을 통과해서 길옆에 있는 오래된 돌길 알터 슈타인벡Alterstein-
weg에 있는 이 도시의 저명한 이들이 무역관에 가지고 온 물건을 부려놓
았다. 중세에서 근대까지 상인으로 붐볐을 이 거리는 상점들의 거리다.
이 거리의 옆에는 알터 슈타인벡 말고도 귀리시장Roggenmarkt, 피쉬 마르

크트Fischmarkt라는 이름을 가진 길들이 있다. 이미 13세기경에 만들어진 무역의 길이다.

지금 우리들이 사는 세계에서 자본시장은 음험한 손으로 우리가 가진 것을 관리하려고 덤비는 괴물이 되었지만 11세기 그리고 12세기 그리고 그리고…… 자본이 완벽하게 조직되기 이전의 무역은 단 하나의 문화가 다양하게 피와 살을 섞던 경로였다. 장사꾼들은 물건을 파는 일에 우선이었지만 부수적으로 이국적인 문화를 도시에 부려놓았다. 이국적인, 그러니까 아주 멀리 있는 것을 내가 사는 거리로 들여놓는 것.

여자들의 화장품, 거울, 피륙, 그런 아름다운 것들은 무역의 길로 들어온다. 남자들의 칼, 폭약, 바퀴 등등 그 무지막지한 물건들도 무역의 길로 들어온다. 혀를 춤추게 하는 이국적인 먹거리, 기후 때문에 생산되지 않았던 와인, 더 나은 기술에 대한 굶주림을 채워줄 작은 발명품들, 상인들이 숨쉬고 온몸을 통해 각인했던 다른 거리와 풍경들이 이곳으로 이렇게 들어온다.

자본이 온 인간의 정신을 지배하기 전, 무역은 자본의 한 면으로 우리의 삶을 아주 풍부하게 만든 적이 있었다. 화석처럼 남은 실물 거래 물품에 새겨진 거리 이름들. 귀리, 생선, 소금…… 이 말들 앞에서 걷는 걸음은 느려지고 심장은 쓰라리다. 이렇게 직접 거래되던 물품들의 이름이 거리의 이름이 되던 시대. 아직 자본은 자본, 그것 자체의 소유가 아니라

소금길, 그리고 다른 길들

도시 박물관의 쇼윈도. 1964년 뮌스터의 모습에 대한 전시회가 있다는 포스터.
1964년은 더이상 돌아올 수 없는 시간이 되었고 그 흔적은 박물관에 남는다.

인간의 소유였다.

푸른 반지에서 빠져나오면 시작되는 길 입구에 도시 박물관이 있고,
거의 500미터가 넘는 길 끝에는 람베르티 성당이 서 있다. 상점 거리의
시작을 박물관이, 상점 거리의 끝을 성당이 장식한다는 건 이 도시가 제
중심부를 그저 상인들에게 내어주지만은 않았다는 걸 의미한다. 시간을
보존하는 박물관과 마음을 달래주는 성당이 있어야만 비로소 자본주의
상점들이 존재할 수 있다는 생각을 도시의 설계자들이 진즉에 했는지도
모르겠다.

뮌스터 도시 박물관 쇼윈도에서.
전 시대는 액자 안에 이렇게 귀여운 그림들이 되어. 하지만 만만하게 귀여운 시대는 없었을 것이다.

　　네게로 가는 길을 잃어버렸을 때 역사를 바라본다는 건 휴식을 뜻할 수도 있다. 잃어버린 것을 찾으려고 기를 쓰면 진짜 잃어버린다. 그때는 잠시 덮어두는 것이 최고다. 무엇보다 도시 박물관의 입장료는 공짜이다. 경험하지 못한 시간들을 흔적만으로 바라보는 것은 내가 너를 찾으려고 했을 때 잃어버린 객관성을 잠시나마 돌려준다. 하지만 나는 너를 객관적으로 바라볼 수 있을까? 우리는 너무 가깝다. 밥을 나누어 먹었고 같이 울었고 그런데도 헤어졌다. 그런 의미에서 삼엄한 생애의 길을 우리는 '소금길'이라는 이름으로 불러볼 수도 있겠다.

소금길, 그리고 다른 길들

박물관 1층은 도시의 기념물과 도시에 관한 책들을 파는 숍이다. 이곳은 세금으로 운영되는 곳이라 계산대 앞에 앉아 있는 분들은 그냥 앉아 있기만 한다. 누군가 들어오면 짧게 인사를 하거나 들어온 이가 뭔가 물어보면 친절하게 대답할 뿐이다. 2층에 전시실이 있어요. 외관상 박물관은 커 보이지 않지만 막상 안에서 올려다보면 2층 전시실은 꽤 넓고 방도 여럿 된다. 2층으로 올라가서 로커룸에 외투와 배낭, 가방 등등을 넣어두고 전시실로 들어간다. 전시실은 선사시대부터 현재까지 이 도시의 역사로 각각 방이 나뉘어 있다. 전 시대의 유물, 사람들의 흔적, 유리 너머로 보이는 역사. 박물관에서 얻을 수 있는 것은 이 도시 역사의 지식이겠지만 그러나 그 지식은 그 지식의 이상도 이하도 아니다. 박물관이란 이미 이 지상에 없는 시간들이 박제된 채 전시돼 있기에 지나간 시간의 생생함은 찾을 수가 없다. 그 시간 속을 살아가던 사람들이 쓰던 물건들도 주인을 잃어버리고 박물관 유리관에 갇혀버렸다. 박제가 된 기억 너머로 인간의 물기는 이미 사라졌다. 기억마저 바싹 말라야 박물관 전시실로 들어올 수 있는 것이 유물이다. 땅에서 발굴된 유물들은 햇빛을 받으면 금방 망가진다. 얼른 비닐봉지에 구멍을 내어 물기가 숨쉴 수 있는 틈을 마련한 뒤 물에 지워지지 않는 필기구로 나무패에 어디에서 언제 발굴되었는지 적어두어야 한다. 그뒤 유물들은 유물을 관리하는 전문가에게 넘겨진다. 토기라면 묻은 흙을 씻어서 말려야 하고, 금속이라면 약품을 사용해서 혹은 정교한 도구를 이용해서 세월이 입힌 때를 벗겨야 한다. 그 과정이 끝난 뒤에야 비로소 유물은 한 귀퉁이에 박물관 번호로 하나하나 매겨진 채 창고로 들어갈 수 있다. 그러다 박물관의 큐레이터가 정한 테마에 따라 불려나오고 전시실에 놓이게 된다. 박물관 전시실에 든 유물들은 사실 한 박물관이 보관하고 있는 유물의 일부일 뿐이다. 나머지는 창고에 진열되어 있다. 박물관의 뱃속인 창고는 그러므로 전시실보다 더 많은 지난 시대의 기억을 간직하고 있다. 일반인에게 창고는 공개되지 않는다. 다만 전문가들에게 선택된 기억만이 일반 관객들에게 공개된다. 도시의 치욕적인 시간도, 영광스러운 시간도, 기아와 병, 전쟁, 풍속, 이 모든 것들은 보통 어떤 콘셉트로 정리되어 있다. 한 공동체의 집단 기억을 어떻게 해야 더 잘 보존할 수 있을지를 결정하는 사람들에 의해 정리된 기억.

우리가 사는 도시의 모든 기억을 우리는 잊어버리며 살아간다. 그것은 모든 과거 위에서 현재를 사는 인간의 일이다. 미래의 인간들은 옛날로 들어간 우리를 잊어버리고 우리가 남긴 흔적으로만 우리를 복원할 것이다. 그것은 지금의 우리가 아니라 미래에 가공될 통조림 속의 꽁치 같은 우리다. 우리가 과거를 박물관에 넣어 보관한 것처럼 그들도 우리를.

우리는 모든 것을 다 기억할 수 없다. 만일 우리가 모든 것을 기억한다면 우리는 미쳐서 이 도시 어느 정신병원에 갇힐 것이다, 그것도 응급환자로. 하지만 기억은 인간의 내면에서 들끓는다. 사람은 그 자리에 없는데 사람의 기억만이 끓고 있는 무쇠솥이 한 인간의 몸이다. 어떤 순간에 기억은 뛰쳐나와 인간 앞에 섰다가 다시 사라진다. 한 인간에게 기억을 관리할 콘셉트는 없다. 기억이 인간의 주인이다. 고통스러운 순간을 잊어버리고 싶다는 느낌이야말로 인간이 제가 가진 기억의 주인이 아니라는 증거다. 그러므로 인간의 몸은 기억 박물관이 될 수 없다. 몸의 큐레이터는 없으므로. 혹 우리 스스로가 우리 몸의 큐레이터라면 우리는 우리 몸에 너무나 친절하거나 너무나 가혹할 게 빤하다. 몸에 친절한 이는 성형이나 미용, 장수 요법이나 운동, 혹은 아웃도어 사이를 어슬렁거리고, 몸에 가혹한 이는 밤샘노역, 술집, 정신병원, 약물 사이를 어슬렁거린다. 어쩌면 넘치게 친절한 것도 너무 모자라게 가혹한 것도 우리 몸에 큐레이터가 없다는 것을 뜻할지도 모르겠다.

박물관 바깥으로 나오면 산 사람들이 있고, 그 사람들이 방문하는 상점들이 있다. 옷가게, 인테리어 소품가게, 카페, 핸디숍, 게임숍 등등이 줄줄이 이어지는 이 거리의 상점들은 평범하다. 구두가게가 있고 구두가게를 지나면 옷가게, 옷가게 옆에는 서점, 서점 옆에는 차와 찻그릇을 파는 가게, 그리고 약국, '북해'라는 이름을 가진, 주로 생선으로 만든 음식을 파는 독일 전국에 있는 체인 식당. 그 사이에는 역시 슐라운Schlaun이 설계한 클레멘스 성당과 그의 스승이었던 람베르트 프리드리히 폰 코르페이Lambert Friedrich von Corfey가 설계한 도미니크 성당이 상점들 사이에서 이제 세월이 지나 누렇게 변한 사암으로 지은 건물의 전면으로 세속의 상점들을 위압한다. 클레멘스 성당은 원래 클레멘스 병원의 일부였고 마리아 오이티미아Maria Euthymia 복자가 2차대전중 전쟁포로를 위해 봉사하던 곳이었다. 하지만 이제 병원은 이곳에 없다. 도미니크 성당은 원래 수도원의 일부였는데 교회 세속화로 1811년에 수도원이 해체되었다. 1826년에는 군사적인 목적으로 사용되다가 1880년 도시가 교회를 사들이면서 김나지움 학생들을 위한 교회가 되었다. 지금 우리가 보는 이 건물은 복원된 건물이다. 2차대전 가운데 폭격으로 완전히 파괴된 이 건물들은 1970년대에 수년에 걸친 복원 작업으로 옛 모습을 되찾았다. 이 상점의 거리에서 두 성당은 이미 기념물 이상의 제 기능을 상실했다. 점점 신도가 줄어들고 성당을 주기적으로 찾는 신도들의 숫자도 적어지고 다양한 종교를 가진 이들이 이 거리를 메운다. 이 거리를 걷는 나와 마찬가지로 그들은 성당에 대해 아무런 마음의 관계를 맺지 못한다.

성당으로부터 아무런 위로를 받지 못하는 이들은 상점들로부터 위로를 얻는다. 상점에서 파는 공산품들이 성당에서 파는 성물보다 더 중요해진 것이 우리 시대의 한 얼굴이라면 종교의 이름을 걸고 다른 교파의 성전을 폭파하는 것도 우리 시대의 얼굴이다. 그런 의미에서 이미 거대권력을 상실한 채 기념물로만 남은 이 성당들은 그저 하나의 인자로운 달력 그림 같다.

이 거리에는 '그로테마이어Grotemeyer'라는 오래된 카페가 있다. 1850년에 이미 문을 연 가게인데 그때부터 지금까지 빈의 커피하우스 스타일을 고집했다. 이 카페가 이 거리에 문을 연 건 1912년이었다. 1층에는 케이크와 과자를 파는 진열대가 있고 1층 내부의 계단을 올라가면 커피와 차를 마실 수 있는 공간이 있었다. 오래된 소파와 탁자에 앉아서 아침이면 간단한 빵과 잼, 삶은 달걀이 있는 아침을 먹을 수도 있고, 케이크를 먹으며 오후의 티타임을 보낼 수도 있으며 와인 한 잔을 앞에 두고 신문을 읽을 수도 있었다. 정오에 배가 고플 때 이곳에 들러 토마토나 양송이 수프에다 검은 빵을 적셔 먹을 수도 있었다. 나직하게 나던 양파를 볶은 냄새. 닭고기 수프, 아니면 정선된 커피콩 냄새를 맡을 수도 있었다. 그러나 이 오래된 카페의 얼굴이던 1층에 얼마 전부터 그릴 햄버거 식당이 생겼고, 그로테마이어는 이 건물 2층으로 자리를 옮겼다. 그곳의 단골손님이던 중년과 노년은 이제 그 자리에서 커피를 마시며 신문을 읽지 않는다. 대신에 트랜드에 밝은 젊은이들이 거대한 맥도날드와는 조금은 다른 햄버거를 파는 이 가게에 앉아 있다. 옛 상점들이 새 상점에 떠밀려 문을 닫는 건 너무나 흔한 일이지만 이 거리를 걸을 때마다 지금은 햄버거 식당이 된 그 집 앞에 잠시 서 있게 된다. 뭔가 한쪽이 잘려나간 듯 아프다.

햄버거 식당의 이름은 '행운 속의 한스'. 그림 형제의 동화 모음에 나오는 이야기 가운데 하나다. 이 동화를 읽을 때마다 나는 흡사 선불교의 짧은 이야기라는 느낌을 받곤 했다. 한스라는 아주 평범한 소년. 그는 7년 동안의 노동 끝에 머리통만한 금덩어리를 임금으로 받고 집으로 향한다. 그 도중에 그는 금덩어리를 말로, 말을 소로, 소를 돼지로, 돼지를 거위로, 거위를 부싯돌과 숫돌로 바꾸는 거래를 한다. 엄청난 손해를 보는 거래인데도 한스는 자신의 행운을 믿는다. 집 앞의 우물에서 물을 마시다 두 돌이 우물에 빠져버리자 한스는 마침내 자신이 완벽하게 행복해졌다

21세기 상점들 사이에는 18세기의 건물이 서 있다.
소금길에 있는 에르브드로스텐호프.
이 바로크식 건물은 18세기에 그 당시 후작 주교였던 아돌프 하이덴라이히를 위하여
바로크 시대의 대표적인 건축가였던 콘라트 슐라운이 설계했다.
2차대전 당시 폭격으로 파괴된 건물을 다시 옛 모습 그대로 재현했다.
평화로운 시대에도 이곳은 언제나 공사장이다.
건물은 돌보지 않으면 죽어가므로 마치 화분에다 물을 주듯 돌보아주어야 한다.

고 믿는다. 가치 있는 물건들을 덜 가치 있는 물건들로 바꾸고 바꾸다가

드디어 모든 것을 잃어버렸을 때, 빈털터리가 되어 실존의 자유만이 남

는 행복. 유행에 맞게 문을 연 햄버거 식당이 이 이야기를 전면으로 내세

우는 것은 그저 마케팅의 한 일환이겠지만 독일의 큰 도시마다 있는 이

체인점이 우리를 물질적으로 해방시킬 햄버거를 팔지는 않을 것이다.

행운과 행복이라는 이미지를 파는 곳, 그리고 그 이미지가 가시화될 때

돈을 주고 얻는 것은 햄버거 한 조각과 세련된 음료 한 잔. 인간의 작은

소금길, 그리고 다른 길들

행복을 파는 이 집 앞에 서서 나는 지난 시대 커피하우스를 들락거리면서 시를 쓰고 그림을 그리고 음악을 만들다 미쳐갔거나 1차대전에서 죽어갔거나 전쟁 속에서는 살아남았으나 일상에서는 패배해버린 이들을 생각한다. 특정한 마케팅에 붙들려 행운 속의 한스가 될 수 있는 공간은 빈 커피하우스라는 19세기 말과 20세기 초 전방위 예술가들의 보금자리를 이미 점령했다.

도시의 바로크 기억이 남아 있는 에르브드로스텐호프Erbdrostenhof가 이 거리에 서 있다. 이 건물의 주인은 여름에는 뮌스터 주변에 있는 물로 둘러싸인 성에서 지내다가 겨울에는 도시로 들어와 이곳에서 겨울을 보냈다. 한때 뮌스터의 사교계의 중심지였던 이 건물에는 지금 관청이 들어와 있고, 정해진 시간에만 일반인의 출입이 허락된다. 1910년경의 사진을 보면 이 앞으로 전차가 달렸는지 전차선이 급커브를 이루며 선명하게 찍혀 있다. 사람들은 그 커브를 '울부짖는 커브'라고 불렀다고 한다. 지금 뮌스터에는 전차가 없고 이 거리에는 차가 들어오는 것도 금지되어 있다. 2차대전 말에 이 건물은 폭격으로 외벽만 남고 다 부서졌다. 이 건물을 옛 모습으로 복원하는 데는 40년이 걸렸다. 18세기 바로크 건축양식으로 지어진 귀족의 궁전 앞을 기괴한 굉음을 내며 전차가 지나가는 것은 마치 그 당시에 만들어진 쇤베르크의 불협화음 같은 음악일 수도 있을 것이다. 전통음악에서도 불협화음은 있었다. 그러나 불협화음은 하모니를 위한 전 단계로 하모니가 올 때까지 진행되는 팽팽한 긴장이었으며, 결국 음악은 하모니로 가면서 고통스러운 지상에서의 삶을 신의 의지로 인식하는 해피엔딩을 지향한다. 쇤베르크가 깨어버린 것은 음악 속의 드라마이며 긴장을 풀어줄 지상의 음악이란 결국 없다는 것을 암시했다. 일상의 소음은 불협화음의 연속이며 아무런 신의 의지를 드러내지 않을뿐더러 어떤 해방도 없다. 다만 기술의 진보에 의해서 도시에 새로 등장한 소음이며 기술의 편리함을 누리기 위해서는 참고 받아들여야만 할 불편한, 정도가 심하면 히스테리를 불러올 재수 없는 음악일 뿐이다. 여기에는 전통음악의 균형잡힌 체계가 들어설 자리가 없다. 다만 매일 반복되는 소음일 뿐이었다.

전차가 울부짖으며 이 도시를 달릴 때 독일은 제국 시대였다. 1871년에 독일제국이 세워지고 산업화가 급격한 상승곡선을 이루면서 도시에 사는 사람들의 숫자는 엄청난 속도로 불어나기 시작했다. 19세기 말 농촌 인구가 전체 인구의 3분의 2였다면 20세기 초로 들어서면서 도시 인구가 3분의 2를 차지했다. 도시는 사람들로 가득찼고 한편으로는 부가 넘치는 휘황한 건물들이 연이어 세워졌으며 다른 한편으로는 도시로 들어온 노동자들의 가난한 거리가 이어졌다. 그 사이사이를 전차가 지나다녔고, 유럽인들은 아프리카나 아시아에 식민지를 건설할 수 있었으며, 거대해진 자신들의 도시에 빈부격차의 명암이 엇갈리는 공간은 그렇게 존재했다.

고트프리트 벤은 의사였다. 그의 첫 시집은 1912년에 나오는데 제목이 '시체 공시장 외外Morgue und andere'였다. 파리에는 유명한 시체 공시장이 있는데 파리에 체류하던 릴케 역시 이 제목으로 1907년에 시를 썼다. 릴케의 「시체 공시장」은 전통적인 시의 공식 속에 있었다. 한 인간이 한 인간의 죽은 모습에 애도하는 그림이 그 시 속에는 있었다. 3년 뒤 벤의 시에 등장한 불우한 시체의 모습은 전면적으로 달라진다. 한 인간의 따뜻한 몸이 시체가 될 때 생물학적으로 육적인 것은 자연의 먹고 먹힘의 사슬에 들어서면서 모든 죽음에 대한 로망을 가차없이 빼앗기 때문이다. 죽은 몸은 썩고 썩어 부패하는 자연으로 들어간다. 영혼이 하늘에 있든 숲에 있든, 아무렴 그 어느 곳에마저 없든 아무런 간섭을 하지 않는다. 그것이 벤의 시 언어였다. 그의 어머니가 암으로 죽어갈 때 목사였던 그의 아버지는 모든 진료를 거부했다. 그는 아내의 몸에 든 병을 신의 의지로 받아들이면서 모든 현대의학의 진료를 거부했다고 고트프리트 벤의 전기를 쓴 이들은 말한다. 그렇게 사랑하던 어머니를 죽음으로 몬 것은 아버지였다. 그리고 아버지라는 이미지는 산업화, 패권주의자, 진보 신봉자, 식민지 개발자의 모습으로 시체를 관리하던 한 시인 앞에 서 있다. 전통이 무너지면서 새로운 전통을 세우던 그 시절. 벤의 첫 시집에 든 시들은 그의 아버지가 그토록 영적인 것이라 믿었던 것들을 세속과 그 세속이 속해 있는 자연 앞으로 돌려놓는다. 그런 고트프리트 벤도 죽기 전, 인간과 인간이 맺는 직접적인 접촉을 그리워했다.

　고트프리트 벤은 그가 죽기 1년 전에 이 시를 썼다. 이 시에서 그는 오라고 한다. 이야기를 나누자고 한다. 이야기를 나누는 이는 죽지 않았다고 한다. 쓸모없는 것에 대해서도 이야기를 나누자고 한다. 네 사막 속

시립박물관 옆에 서 있는 위버프라우.

위버프라우 옆에는 작은 조각품들이 모여 있다. 책과 나사. 읽고 쓰는 것이 노동이라는 전언이 아름답다.

소금길, 그리고 다른 길들

에 외로워진 너는 이야기를 나누는 것에 의해 해방될 거라고 한다. 인간에게 가까이 다가가고 싶은 심정을 거의 외침에 가깝게 쏟아내는 이 시를 읽으며 옛 뮌스터 사교계의 건물을 바라보는 일은 아이러니하다. 저 건물 안에서 오갔을 수많은 대화 속에서 이 도시 옛 사교계의 사람들은 외로움의 고통에서 해방되었을까? 더러 우리는 그렇게 많은 대화 속에 오롯하게 외롭지는 않았을까? 하지만 정말 혼자가 될 때 사람과 나누는 대화는 절실하다. 외국어를 쓰고 사는 동안 나는 우리말로 대화할 사람들이 절실하게 필요하다는 생각을 했다. 실컷 우리말로 수다를 해보았으면! 하지만 다시 생각해보니 나에게 절실한 건 우리말로 대화를 나눌 어떤 사람이 아니라 내가 사랑하는 특정한 사람들이었다. 그 특정한 사람들이 들어 있는 기억의 서랍은 하도 자주 열어보아 모서리가 둥글게 닳아 있다. 이 거리에서 내가 그렇게 자주 오라고 불러대던 사람들은 아마 다른 거리에서 나를 오라고, 그렇게 자주 불러대고 있는지도 모른다. 이 거리의 끝에 자리잡은 상점 가운데 하나는 우표수집점이다. 누군가가 모은 우표를 사서 다시 수집가에게 우표를 파는 이 상점은 이메일로 거의 모든 것을 해결하는 이 시대를 거꾸로 돌리는 한순간을 만들어준다. 이 상점 앞에 잠시 서서 오래된 우표들이 들어 있는 쇼윈도를 가만히 들여다본다. 우리 한때 우표를 겉봉에 붙이기를 설레며 우체통 앞에 서 있던 적도 있었다.

소금길을 이웃에 두고 있는 알터 슈타인벡에는 이 도시의 시립도서관이 있다. 이 도서관 옆에는 8미터가 넘는 금속 골조로 만들어진 거대한 상이 하나 서 있다. 제목은 '위버프라우Überfrau'인데 우리말로는 '초여인'이라는 번역이 가능하다. 이때 '초'는 초월이라는 의미이다. 우리에게도 잘 알려진 '초인Übermensch'에서 따온 인공 단어이다. 이 작품을 만든 이는 톰 오터니스Tom Otterness라는 뉴욕의 작가이다. 이 작품은 뉴욕에서 뮌스터까지 수송되어 왔는데 그 비용이 엄청남에도 이 도시는 지불하기를 아껴하지 않았다. 벌거벗은 여자는 성기를 드러낸 채 남성적인 위엄을 나타내는 람베르티성당의 첨탑에 맞서 있다. 이 조각 곁에는 아주 작은 크기의 조각들이 있는데 책과 책 위에서 연필로 뭔가를 쓰는 사람과 책 위의 나사들이나 못들, 혹은 연필의 모습을 하고 있다. 책을

뮌스터 시립극장.
옛 담과 현재의 건물이 서로를 껴안고 있다. 기억들이 서로 껴안고 있는 것처럼.

읽고 쓰는 일이 노동을 뜻하는 나사와 못과 어우러져 있는 모습이 꽤 위트 있어 보인다. 책을 읽고 쓰는 일이 노동이라는 것을 온몸으로 말해주고 있는 이 조각. 가끔 걷다가 멈춰 서서 시립도서관의 낮고도 넓은 창문을 들여다보면 거짓말처럼 책들이 그곳에 있었다. 읽어주기를 기다리며, 마치 팔리지 않고 진열대에 놓여만 있는 인형들처럼 꿈을 꾼다. 만일 네가 나를 읽어준다면 나는 네가 꿈꾸던 세계로 널 데리고 갈 것이다, 라는 나직한 속삭임과 아무도 읽어주지 않을지도 모른다, 라는 조바심 속에서 꿈꾸는 책들.

시립도서관과 길을 마주하고 서 있는 뮌스터 연극극장은 이곳에 있었던, 그러나 전쟁에 파괴되어 벽만 남은 옛 건물을 끼고 서 있다. 극장을 지은 이는 지난날의 흔적을 없애지 않고 그대로 두며 그 흔적을 감싼 채 새 건물을 지었다. 2층에 있는 극장의 카페에 앉아 있으면 붉은 벽돌로 지어진 옛 담이 보인다. 이 극장 무대에 올라오는 작품들은 과거와 현재를 아우르는데 바로 그 연극무대를 건축으로 재현해놓은 것이다. 옛 흔적을 가시화시키고 그것을 안고 들어서는 새 건물은 이 도시에게 과거가 있다는 것을 섬뜩하지만 선명하게 보여준다. 찾을 필요도 없이 눈앞에 바로 펼쳐져 있는 과거. 시간의 중첩성을 한 공간에 들여둔 이 건축물은 이 지상에 왔던 어느 누구도 소리소문 없이 사라지지 않음의 상징 같다. 또한 모든 시간들이 두서없이 들어 있는 인간 내면을 뜻하기도 한다.

아무리 새 사람을 만나도 영원히 내 내면에서 걷거나 뛰거나 앉아 있거나 슬퍼하거나 즐거워하는 옛사람들. 선연히 저 벽돌담처럼 햇살을 받으며 내 마음의 표면으로 떠오르는 그들이 있는 어느 날. 마음의 지층 아래에서 숨쉬고 있었던 그 모든 것에게 붙일 이름이 있다면 그리움이라는 이름 말고 또 어떤 이름이 있으리.

7

전쟁 1 Krieg 1

— 게오르크 하임 Georg Heym, 1887~1912

아주 오래 잤던, 그는 일어났다,

일어났다 아래에서 궁륭에서 깊게

어스름 속 그는 선다, 거대하게 아무도 모르게,

그리고 달을 시커먼 손안에서 으깬다

도시의 저녁 소음 속 멀리 떨어진다,

낯선 어둠의 한기와 그늘,

그리고 둥근 혼란의 시장들은 얼음으로 멈춘다

조용해진다 그들은 주위를 돌아본다 그리고 누구도 알지 못한다

골목 속에서 그들의 어깨가 잡히기는 쉽다

물음 무답 어떤 얼굴은 백납빛이 된다

멀리서 종소리가 엷게 신음한다,

그리고 수염은 떤다 그들의 뾰쪽한 턱에서

산 위에서 그는 이미 춤추기를 시작한다,

그리고 소리를 지른다: 그대 전사들이여 모두, 일어나라 가라!

그가 검은 머리를 흔들면 울려퍼진다,

둘레에 천 개의 해골로 시끄러운 사슬을 단 머리

탑처럼 그는 마지막 잉걸불로부터 등장한다,

낮이 도망가는 곳은, 강들은 이미 피로 가득찬다

시체는 셀 수 없고 갈대 속에 뻗었다,

죽음의 강력한 새들에 의해 희게 뒤덮였다

둥근 성벽 위로 푸른 불꽃 파도

그는 서 있다, 검은 골목들 위 무기의 울림

파수꾼들이 가로로 누운 성문 위에,

산더미 같은 죽은 이들로 무거운 다리 위에

밤에 그는 불을 들판을 가로질러 사냥한다

붉은 개가 사나운 주둥이를 가진 붉은 개에게는 비명을

어둠으로부터 튀어오른다 밤들의 검은 세계는,

화산으로부터 무시무시하게 그는 그 가장자리를 밝힌다

그리고 천 개의 붉은 끝이 뾰쪽한 모자들 너머

어두운 평지는 껌뻑거리며 흩뿌려져 있다,

그리고 밑 거리에서는 이리저리 득실거리는 것을,

그는 불더미 속으로 쓸어버린다, 불꽃이 더 많이 넘실거리도록

그리고 불꽃은 타오르며 숲들을 삼켜버린다,

누런 박쥐들은 톱니처럼 나무속에 발톱을 거머쥐었다

나뭇가지를 그는 마치 숯쟁이의 머슴처럼 친다

나무들 속으로, 불길이 정말로 쏴쏴거리도록

큰 도시가 누런 연기 속에 무너진다,

소리 없이 복부의 나락 속으로 저를 던진다

그러나 커다랗게 불타는 폐허 위에 선다,

거친 하늘로 세 번 제 횃불을 돌리는 그는,

그러나 폭풍이 갈가리 찢어놓은 구름의 역광,

죽은 어둠의 차가운 황무지 속,

그가 불길로 멀리 밤을 말린 것은,

역청과 불길 뚝뚝 떨어진다 아래로 고모라로

람베르티 성당 St. Lambertikirche 앞에서
— 멀고도 가까운 전쟁

성 람베르티 성당 St. Lambertikirche 앞에 있는 분수대 주위에는 벤치들이 많아서 그곳에 앉아 있을 때면 이 세계는 말할 수 없이 평화롭다는 인상을 받는다. 분수의 중앙에는 농부 가족의 석상이 서 있다. 뮌스터를 먹여 살리는 주위 지방은 뮌스터란트인데 그곳에는 커다란 농가들이 많다. 그들의 노역을 교회 앞에 새겨둔 것이다. 농부와 아내, 딸의 석상 사이로 분수대의 물이 솟아오르면 시간은 평화롭게 흘러가는 것처럼 보인다.

이곳에서 전쟁이란 멀리서 일어나는 일이다. 이곳뿐이랴. 저렇게 가까이 휴전선을 두고도 서울은 전쟁을 관념적으로만 바라보는 희귀한 도시이다. 그렇다. 판문점 이후로 전면적인 전쟁은 일어나지 않았다. 언제나 전쟁의 위협만이 있었다. 마치 양치기 소년의 거짓말처럼.

서울과 달리 이 도시에는 전쟁을 피해 이곳으로 온 사람들이 있다. 시

람베르티 성당의 첨탑.

리아, 아프리카, 팔레스타인, 이라크, 이름만 늘어놓아도 전쟁의 냄새가
짙게 풍기는 지역에서 온 사람들이 뮌스터 곳곳 어디에선가 살고 있다.
하지만 그들은 이 평화로운 풍경에 어른거리는 그늘일 뿐, 이곳을 완
전히 장악하고 있는 것은 진정한 평화다. 사람들은 교회를 마주보고 있
는 이태리 식당에서 와인 한 잔과 파스타 한 그릇을 먹으며 저녁이 깊어
가는 것을 바라본다. 아이와 함께 젤라또를 먹는 어머니와 꽃을 파는 청
년들, 역시 교회를 마주보고 서 있는 옷가게 앞에서 아코디언을 켜며 〈베
사메무초〉 같은 귀에 익은 멜랑콜리한 노래를 불러주는 악사도 있다. 자
전거를 타고 달리면서 이야기를 주고받다가 크게 웃음을 터뜨리는 학생
들도 지나간다. 차도르를 쓰고 유모차를 끄는 여인, 혼자서 저녁을 먹으
며 에스프레소를 마시는 정갈한 노인, 혼자 쇼핑을 나왔다가 지쳤는지
벤치에 앉아서 이 모든 것을 조금은 우울한 얼굴로 바라보는 아가씨도
있다.

　연인들은 연인이라는 모든 증거를 온몸으로 보여주며 노을이 오는 교
회 모퉁이에서 키스를 한다. 랩송을 부르며 롤러스케이트를 타고 지나
가는 여드름이 가득한 십대도 있다. 에이치앤엠H&M이나 자라ZARA처럼
전 세계 어느 도시 어디에서든 볼 수 있는 거대한 스파SPA의 쇼핑백을 들
고 핸드폰을 귀에 댄 채 걸어가는 소녀도 있다. 저 쇼핑백에 든 옷들은
방글라데시나 베트남, 튀니지 등등 임금이 낮은 곳에서 온 것들이다. 실
과 섬유에서 나온 먼지와 후덥지근한 공기 속, 지옥 같은 시간을 재봉틀
앞에서 일하는 이들은 대부분 여성이다. 이 도시의 소녀들은 아무리 신

문과 방송에서 그들 지방의 지옥 같은 노동환경과 열악한 임금에 대해서 자주 보도를 한다 해도 어김없이 한 달 용돈이 모자란다고 투덜거리면서도 계속해서 옷들을 사들일 것이다.

평화스러운 시간은 평화스럽지 않은 시간을 너무나 낯설게 한다. 그런 시간이 있을 거라는 걸 둔중한 평화에의 느낌은 받아들이지 않는다. 16세기에 이 도시에서 일어난 묵시록적인 사건은 그래서 먼 옛날이야기로 들릴 뿐이다. 물론 먼 옛날이야기이기도 하다.

어떤 시대든 예고 없이 찾아오는 비극은 없다. 다만 우리가 그 예고를 알아듣지 못할 따름이라는 것을 역사는 말해준다. 하지만 그 시간의 비극을 예언하면서 살 수 있는 이는 없다. 다만 우리는 예언할 수 없는 미래를 가까이에 두고 오늘을 맞이한다. 그건 인간의 일이다. 그래서 모든 도시에 사원들이 있는지도 모른다. 뮌스터에는 가톨릭, 개신교, 유대교당, 이슬람의 사원을 포함해서 거의 백여 개의 사원이 있다고 한다. 도시 중심가만 해도 눈에 들어오는 교회탑들이 십여 개는 된다. 그 가운데 람베르티 성당은 대성당과 함께 뮌스터를 상징하는 교회다. 람베르티 성당은 원래 뮌스터에 자리를 잡고 있던 상인들을 위한 사원이었다. 굳이 역사책 속에서 읽은 내용을 언급하자면 뮌스터에는 전통적으로 두 정치 세력이 공존했다고 한다.

대성당을 중심으로 가톨릭의 수장들과 귀족들이 한 세력이었다면 그들의 무한한 힘에 도전하고 견제하던 이들은 이 도시의 상인들이었고, 교육을 받은 시민들이었다. 람베르티는 그들이 세운 성당이었다. 성당 옆에 있는 소금길, 귀리시장, 옛 생선시장, 옛 돌길 등등은 상인들이 들어오고 물건들이 거래되던 곳이었고, 그 길들 옆 중앙시장을 굽어보면 성당이 거기 있음을 알게 된다. 성당의 별칭 역시 그에 걸맞게 '도시와 시장을 위한 성당'이다. 성당은 11세기부터 이미 존재했다고 한다. 도시를 드나들던 상인들, 시민들, 뮌스터를 둘러싸고 있는 뮌스터란드의 농민들은 이 성당에서 보호를 받았고 함께 교회 운영을 했다. 1394년부터 지금까지 이 성당이 고집스럽게 지키고 있는 것 가운데 하나는 '탑을 지키는 이'라는 직업이다. 저녁 아홉시부터 자정까지 이 성당의 탑지기는 나팔을 불기 시작한다. 반시간 간격으로 이 나팔 소리는 들려온다. 적으로부터 침입을 받지 않았고 화재도 일어나지 않았으니 안심하고 잠자리에 들라는 신호이다. 이 오래된 직업은 원래 몇백 년 동안 남자들만의 일이었으나 몇 년 전부터 이 탑은 음악학을 전공한 여성이 지키고 있다.

안개가 짙은 저녁.
그 나팔 소리를 들었다.
고요, 평화, 오늘의 잠을 축복하는 나팔 소리.

고마운 축복. 아이들은 무사히 집으로 돌아와 방에서 잠을 잔다. 먹여 살리느라 고달팠던 가장도 한 병의 맥주를 아껴 마시며 내일, 술냄새를 풍기지 않고 일터로 안착하는 일상에 복종한다. 부인 역시 집의 마지막

람베르티 성당 앞에서

외등을 끄며 소매에 묻은 일상의 냄새들을 턴다. 아, 이러한 풍경은 고맙다. 영원히 지속되고 싶은 한 인간의 사적인 역사가 소리소문 없이 일상의 쳇바퀴 속에서 얌전하게 도는 시간들. 이 시간이 고마운 줄 우리는 너무나 늦게 안다. 이 질서가 깨어져야만 우리는 이 질서가 우리 삶을 어떤 의미에서는 살 만하게 했다는 걸 깨닫는다.

의자에 앉아 람베르티 성당의 탑을 올려다보면 시계 위에 철로 만든 세 개의 새장이 보인다. 지금 볼 수 있는 철새장은 10년마다 한 번씩 개최되는 뮌스터 조각 프로젝트에서 나온 로타르 바움가르텐Rothar Baumgarten의 작품이다. 이 작품은 1987년 프로젝트에 전시되었던 것이다. 제목은 '세 영혼의 현현으로서 세 헛불빛 또는 휴식을 발견할 수 없었던 내면의 불들'이다. 작품의 제목에 걸맞게 어둠이 오면 철새장 안에 켜둔 불빛이 보인다. 멀리서 그 불빛을 보고 있으면 작품을 만든 이의 의도대로 종교적인 믿음의 극단성에 사로잡혀 이 도시를 폭력으로 다스렸던 재세례파의 정치에 대한 무서움과 시간이 아무리 오래 지나도 반대 정파를 용납하지 않았던 가톨릭교의 단호함이 불빛에 실려 온몸에 소름이 돋아나게 한다. 옛 철새장은 1530년대에 이 도시를 점령한 재세례파를 이끌었던 얀 판 레이덴Jan van Leyden, 베른트 크닙퍼돌링Bernd Knipperdolling, 베른트 크레흐팅Bernd Krechting의 시체를 넣어 걸어두었는데 1536년 1월, 시청 앞에서 그들은 죽어갔다. 그들의 시체가 든 세 개의 새장은 1881년, 탑을 새로 세우면서 잠시 떼었다가 다시 탑이 건설되고 난 뒤 제자리에 돌려두었다. 2차대전 가운데 폭격으로 성당이 다 무너졌는데도 새장은 다시 탑에 걸렸다.

약 10세기부터 존재하던 성당의 연대기를 통해 보자면 성당의 역사에서 두 번의 참변이 일어났다고 한다. 천 년이 넘는 기나긴 그 세월에 참변이 딱 두 번이라니! 첫번째는 16세기에 일어났고 두번째는 2차대전 가운데 일어났다.

그중 두번째 참변은 연합군이 뮌스터를 대량으로 폭격했을 때였다. 첨탑은 무너졌고 지붕은 불에 탔으며 기둥들은 교회 안으로 무너져내렸다.

첫번째 참변은 세 개의 새장이 교회 첨탑에 걸리게 된 재세례파들이 도시를 점령하고 있었던 1530년대에 일어났다. 그 당시 유럽에는 교회를 개혁하려는 물결이 광풍처럼 밀려오고 있었다. 가톨릭의 힘이 강성했던 뮌스터에도 그 광풍은 밀려왔다. 드디어 개혁파 가운데 하나인 재

뮌스터 도시박물관에 모형으로 전시된 세 개의 새장.

세례파들이 들어와 도시를 장악하고 가톨릭의 수장들을 몰아냈다. 그들은 뮌스터에 제2의 시온을 건설하고 천년왕국을 세우려고 했다. 당시 전 유럽에 퍼져 있었던 종말론의 영향도 컸다. 그들은 뮌스터를 멸망된 세계에 다시 건설될 새 세계의 수도, 새 예루살렘이라고 여겼다. 도시는 광기에 휩싸이기 시작했다. 열렬 교도들은 그들과 다른 종교를 가진 사람들을 도시 바깥으로 추방했고 각지에서 밀려오는 재세례파를 위해서만 도시의 문을 열었다. 도시는 쫓겨난 가톨릭 수장의 군대에 의해 포위 상태로 들어갔다. "주님을 믿지 않는 자들, 처먹고 처마시며 음탕하며 주님의 나라에 저항하는" 자들이라고 재세례파들은 가톨릭 수장을 욕했다. 처음에는 모든 것이 그들이 원하는 대로 되어가는 듯했다. 그들의 종교적인 주장은 오늘의 시선으로 바라본다면 참으로 모던했다. 아이가 태어나자마자 세례를 받고 교인이 되는 것에 그들은 반대했다. 그들은 어른이 되고 난 뒤 스스로 믿음을 결정할 수 있을 때 세례를 받고 교인이 되는 것이 온당하다고 주장했다. 참 믿음은 스스로 선택한 믿음이라는 주장을 16세기 가톨릭 수장들은 받아들이지 않았다. 유아세례로 누구든 교인이 되어 가톨릭을 위하여 세금을 내고 노역을 해야만 교회의 권력이 지탱되었기에 어른의 이성으로 선택하는 믿음은 그들에게는 권력의 기반을 잃게 만드는 위험한 생각이었다. 하지만 모든 좋은 이데올로기로 시작된 혁명을 부패하게 만드는 건 인간이다. 재세례파가 점령한 도시의 시작은 경건했고, 곳곳에서 성경 낭송회가 자발적으로 또한 자주 열렸다. 빠듯한 식량과 장작을 나누어 가질 줄 알았고, 자원해서 도시의 문들을 지켜나갔다. 하지만 포위상태가 1년이 넘어가자 재세례파를 이끌던 이들이 부패하기 시작했다. 그 천년왕국의 왕으로 즉위한 얀 반 레이덴1509~1536은 수많은 여인들을 거닐며 반대하는 자들을 무참히 거세했으며 방탕을 일삼았다고 한다. 드디어 가톨릭 수장이 다시 도시를 점령했다. 점령 후 다시 살육이 벌어졌고 많은 재세례파들이 죽어나갔다. 얀 반 레이덴을 비롯한 두 명의 재세례파 지도자는 생포된 채 이글거리는 부젓가락으로 고문을 당했고, 끝내 수십 번을 칼에 찔리며 죽어갔다. 가톨릭의 수장들은 그들의 시체를 새장 속에 집어넣고 람베르티 교회의 첨탑에 걸어두었다. 말하자면 후대에 누군가 다시 가톨릭에 저항한다면 이런 꼴이 될 거라는 경고였다.

가톨릭 군대가 도시에 들어왔을 때 내가 앉아 있는 의자들이 놓인 곳에는 재세례파들이 마차들을 겹겹으로 쌓아서 만든 방위벽이 있었고 내가 바라보고 있는 거리는 피로 물들었다. 사람들은 서로를 도륙했다. 상대방을 믿음 없는, 영혼이 부패한 자라 욕을 하고 무자비하게 칼을 들이댔다. 그런데 지금은 얼마나 고요하고 평화로운가. 저녁은 천천히 오고 자전거는 오가고 손에 쇼핑백을 든 사람들은 지나간다. 도시의 주점들은 어두운 시간을 위하여 서서히 거리에 의자를 내놓으며 손님을 맞이할 준비를 하고 있다. 5백 년 전에 일어난 일이 지금의 우리에게 얼마나 중요할까. 잘생기고 언변도 좋아서 수없이 많은 수녀들을 재세례파로 만들었다는 얀 반 레이덴의 시체에 내려앉던 마지막 먼지까지도 이미 이 도시를 떠났다. 관광객들은 그 새장이 신기해서 바라볼 뿐이고, 뮌스터 사람들은 무심하게 지나쳐갈 뿐이다. 새장에 저녁이 내리면 그 안에 촛

불이 켜진다. 얼마 후면 나팔 소리가 다시 람베르티 교회 첨탑에서 울려 댈 것이다. 아무 일 없습니다. 적이 침범하지도 않았고 화재도 없습니다.

이 새장을 바라보면서 읽었던 시는 게오르크 하임의 「전쟁 1」이다. 게오르크 하임은 1887년에 태어나 1차대전이 일어나기 2년 전에 베를린의 하벨 강에서 친구이자 역시 시인이었던 에른스트 발케와 함께 스케이트를 타다가 물에 빠져 죽었다. 그때 그의 나이는 스물다섯. 생전에 그는 단 한 권의 시집을 발표했다. 제목은 『영원한 날Der ewige Tag』(1911). 그가 죽고 난 뒤 나온 소설집 『도둑Der Dieb』(1913), 그리고 시집 『움브라 비타에Umbra vitae』(1912)가 그의 짧은 생이 남긴 전부이다.

내가 그의 시들을 읽기 시작한 것은 거의 십여 년 전의 일이다. 우리 세대에도 요절한 시인들이 적잖이 있었다. 시인 기형도가 그 대표적인 예이지만 내 벗이자 '21세기 전망' 동인이기도 했던 시인 진이정의 죽음은 고백하자면 지금까지 나를 따라다니는 그림자다. 죽은 이들은 우리들의 한 부분을 가지고 우리를 떠난다. 진이정이 나에게서 가져간 것은 젊은 시인의 나날이었고 나에게 남겨준 것은 그의 영감에 번득이던 시어들이었다. 그는 요절한 다른 시인들이 그러했듯 다가올 시간에 대한 강력한 예감과 시에 대한 열정으로 미친 듯 시를 쓰다가 죽었다. 하임, 역시 그러했다. 1차대전이 일어나기 전, 전쟁을 경험해본 적이 없는 청년 하임은 죽음과 묵시록적인 비전에 시달린다. 그가 대학을 다녔던 베를린이라는 대도시에서 도시를 장악한 것은 거대한 괴물이며 그 도시는 시체가 썩어가는 냄새가 진동했다. 공장의 굴뚝과 우울한 날씨, 밤처럼 어두운 구름으로 뒤덮인 대성당, 신은 밝아오는 아침처럼 창백하다. 청년 하임은 그래서 새로운 종교를 건설하자고 주장한다. 물론 일기 속에서. "우리를 장악하는 종교는 내용물이 들어 있지 않은 단지이며, 뇌가 없는 죽음의 머리이며, 가식으로 덧칠된 성경의 무덤이다. 새로운 종교로 우리를 둘러쌀 시간이 온다."

그가 말한 새로운 종교는 오지 않았으며 대신 1차대전이 일어났다. 전쟁은 새로운 기술로 무장했다. 언젠가 읽었던 글에서 독일의 철학자인 하이데거가 1차대전 중에 전선 기상청에서 복무했다는 기록을 보았다. 그 기상청의 임무는 무엇보다도 바람의 방향을 밝히는 일이었는데 그 일은 독가스를 투하하는 일정을 정하는 기초 자료로 쓰였다. 1차대전은 바로 독가스가 무기로 사용된 첫 전쟁이었다. 젊은이들은 누구도 원하지 않고 누구에게도 득이 되지 않은 전쟁중에 타인을 죽였고 자신도 도륙을 당했다. 게오르크 하임의 시, 「전쟁 1」에 등장하는 '그'는 손안에 달을 으깨며 일어나서 도시를 살육장으로 변하게 한다. 그를 표현주의 시인들 가운데 하나로 규정하는 것은 부질없는 일이다. 어떤 '주의'에 대한 정의와 자리매김으로 시들은 정리되지 않는다. 다만 그의 「전쟁 1」을 읽으면 얼마나 부질없이, 그리고 얼마나 간단없이 우리가 우리를 도륙하는가, 하는 생각만이 반복된다. 지금 이 세계 곳곳에서 벌어지고 있는 '종교'를 근거로 하는 모든 학살이 뼈아픈 것은 16세기 이후로 우리가 배운 것이 없기 때문이다. 종교 근본주의자들은 16세기 이전 시간을

성자로 조각되어 있는 괴테.
괴테라는 이름은 더이상 한 개인의 이름이 아니다.
이 공동체 문학의 다른 이름이다.

사는 것처럼 저를 죽이고 남을 죽인다.

람베르티 성당의 외벽에는 많은 성자의 상이 서 있다. 그 가운데는 성자의 몸에 괴테와 실러의 얼굴로 보이는 부조도 있다고 사람들은 말한다. 나는 이름 없는 조각가가 어떤 연유로 성당의 벽을 채우는 반부조에 하필이면 괴테와 실러를 조각했는지 알지 못한다. 하지만 얼추 짐작이 되는 것은 괴테와 실러라는 이름이 한 개인의 이름에 그치는 것이 아니라 한 공동체의 가장 뜨겁고도 정교한 문학의 얼굴이며 그 얼굴을 잊지 않는 사람이 이 공동체에 아직은 존재한다는 것 정도가 아닐까.

성당을 둘러보며 많은 성자들을 바라보고 있자니 누구든 평화를 원하지 않았을까 싶다. 그런데 왜 이렇게 극악한 일들이 이 세계를 메우고 있는 걸까. 그렇게 분쟁 없는 시간이 거의 없었던 인간의 역사를 돌이킨다. 참…… 인간이라는 종은 지구조차 해독할 수 없는 내면을 가졌구나!

8

땅의 백성들Volker der Erde*

— 넬리 작스Nelly Sachs, 1891~1970

땅의 백성들이여

그대, 그대들은 모르는 별의 힘으로

실패처럼 자아진 그대여,

그대, 그대들은 기웠고 다시 기워진 것을 떼어놓았네,

언어의 혼란 속으로 올라간 그대여

마치 벌집 속으로 들어간 것처럼,

달콤함 속에서 찌르기 위해

그리고 찔리기 위하여—

땅의 백성들이여,

말의 우주를 파괴하지 마라,

미움의 칼로 자르지 마라

숨과 함께 태어난 소리를

땅의 백성들이여,

오 누군가 삶을 말할 때 죽음을 생각하지 않는 것—

그리고 요람을 말할 때 피를 생각하지 않는 것—

땅의 백성들이여,

말들을 그의 기원에 두어라,

그 말들은 지평선을

진정한 하늘로 밀고 갈 수 있으므로

그리고 말들의 돌려진 다른 면

마치 가면처럼 그 뒤에서 밤은 갈라지며

별들의 탄생을 돕는다—

＊Nelly Sachs, 『Herausgegeben und mit einem Vorwort von Hilde Domin』, Suhrkamp Verlag am Main, 1977.

중앙시장Prinzipalmarkt과 옛 시청Historisches Rathaus
— 잊히지 않을 시대의 빛들

뮌스터의 중심지에는 아직도 중세의 마지막 빛이 머무르고 있는 것처럼 보인다. 릴케의 시「가을날」에 나오는 빛 같다. 여름은 "아주 컸고" 그래서 주에게 시인은 말한다. "당신의 그늘을 해시계에 올려두세요, / 그리고 들판에 바람들을 놓아주세요 // 마지막 열매들에게 명하세요, 가득해지라고요, / 그들에게 이틀 더 남쪽의 날들을 주세요, 그리고 몰아주세요 / 마지막 단맛을 무거운 포도들에게로."

영글 대로 영근 포도에 마지막 단맛을 고여들게 하는 것은 남쪽의 빛이다. 포도는 남쪽에서 온 빛으로 익으나 시대는 남쪽에서 온 르네상스의 빛을 받으면서 한 시대와 서서히 작별을 하기 시작했다. 익은 포도는 짓이겨져서 즙이 짜이고 걸러져서 포도주 통에 들어간다. 통 안에서 서서히 익어가는 포도주는 포도의 전환 과정이다. 어쩌면 시대도 그럴지 모른다. 새 빛을 받으며 오래된 시대 역시 영근다. 그리고 그 즙만이 걸러져서 새로운 시간의 통 안으로 들어간다. 그곳에서 시대는 현재가 아닌 과거로 저장된다. 저장된 옛날을 다시 끄집어내면 놀랍게도 시간이 향기롭게 익어 있다. 멜랑콜리와 함께 뒤돌아보는 과거는 향기롭게 느껴지기도 한다. 어떤 봉건제 군주도 내가 수확한 포도를 빼앗지 못하며 어떤 중세의 기사도 임의적인 폭력으로 내 삶을 간섭하지 못한다. 그들은 향기로운 포도주로 이미 박물관에 들어가 있으며 과거를 감상하는 우리에게 옛날의 향기를 전한다.

남쪽에서 온 르네상스의 빛은 중부 유럽에 아직 머물러 있던 중세의 빛을 서서히 꺼지게 했다. 하지만 새로운 빛이 한꺼번에 중부 유럽으로 몰려들지는 않았다. 지역 문화 여건에 따라 천천히 스며들었다고 보는 것이 더 타당할 것이다.

뮌스터는 그 마지막 순간을 가시화해서 21세기 도심가에 붙잡아두었다. 후기 고딕의 건축양식으로 지어진 대성당을 비롯해서 수많은 교회들, 박공지붕을 가진 건물들이 거리를 가운데에 두고 줄지어 서 있는 중앙시장 프린치팔 마르크트Prinzipalmarkt 사이로 성당의 종소리가 울려퍼질 때 중세는 가까이 다가가면 잡힐 듯 흩날린다. 한 시대는 죽었다. 시대는 이미 자신을 변호할 입을 잃었다. 하지만 중세는 르네상스를 지나 근대와 현대를 거치면서도 이 도시에서 기념물로 살아남았다.

뮌스터에서 과거는 그저 단순한 의미의 과거가 아니다. 과거는 뮌스

중앙시장과 옛 시청

터라는 도시의 얼굴마담이다. "피냄새와 장미의 향기를 단숨에 건너내야 할 만큼 삶은 그렇게 새되고 알록달록했다. 지옥 같은 공포와 유아적인 즐거움 사이에서, 잔혹한 강인함, 흐느낌을 자아내는 감동 사이에서 백성들은 이리저리 어린아이의 머리를 단 거인처럼 흔들렸다"(요한 호이징가,『중세의 가을』) 하는 모습은 21세기를 살아가는 이 도시의 표정에서는 보이지 않는다. 벨라스케스의 그림에 나오는 난쟁이 여인의 우울한 얼굴이나 장미수를 뿌린 사제들을 가득 채운 성당들, 마녀사냥의 불길, 믿음과 반믿음 사이에서 이루어지던 고문 등등은 더이상 얼굴마담이 내놓는 메뉴에는 들어 있지 않다. 호이징가의 말을 다시 빌리자면 "지나버린 아름다움에 대한 우리들의 향수"가 얼굴마담의 주메뉴일 뿐이다.

시간은 중세라는 한 시대를 과거에 내버려둔 채 르네상스와 근대, 현대까지 줄달음을 쳐왔다. 하지만 한 시대는 그전 시대와 온전히 이별하지 못한다. 흔적을 깨끗하고 상큼한 오이 팩으로 지우며 과거를 넘어왔던 인간의 시간은 없었다. 차라리 역사의 전환기는 오이 편을 얼굴 위에 놓으면 젊음이 얼굴로 다시 돌아올 수도 있다는 착각을 견뎌야 하는 피부관리실의 지루한 오후를 닮아 있다. 그리고 오이 팩을 얼굴에서 떼어냈을 때 조금은 뽀송해진 얼굴이 된 듯한 기분으로 우리는 피부관리실을 나올지도 모른다. 하지만 오후에서 저녁으로 넘어가는 질퍽한 태양빛 아래 당신이 섰을 때 우리의 피부는 다시 몇 시간 전으로 돌아가고 오이 팩은 피부관리실의 쓰레기통으로 들어간다. 그리고 쓰레기통은 인간이 건설한 어느 쓰레기 하치장으로 간다. 오이 팩을 했음에도 다음날, 우리가 다시 거울을 바라볼 때 오이 팩이 다시 잡아줬던 것 같은 젊음의 흔적은 없다. 다만 우리는 조금 더 늙어 있을 뿐이다. 시대의 흐름 또한 그러했다. 중세에서 르네상스로 들어섰을 때 시대는 더 젊어진 게 아니었다. 조금 더 늙었고 조금 더 자유로워졌을 뿐이었다. 나은 시대가 도래했다고 믿은 사람은 아무도 없었다. 다만 바뀜에 대한 설렘의 잔물결이 인간의 시간을 조금은 더 살 만하게 해주었다. 다시 악몽은 왔고 다시 희망은 왔고 다시 일상은 그렇게 세대를 지나며 흘러갔다.

뮌스터의 중심가에 머물고 있는 시대의 표정이 하나라고 생각하면 그건 오산이다. 어느 도시든 한 시대만이 불멸의 기념물처럼 남지는 않는다. 도시에 남아 있는 과거의 표정에는 크루아상처럼 여러 지층이 있다. 중세가 있는가 하면 바로크의 명랑한 표정이 있고, 그 사이사이에 세기말의 표정이 어른거리는가 하면 2차대전의 흔적이 도시의 모든 표정들을 관통하기도 한다. 새롭게 올 것들에게 호락호락 자리를 내어주었던 시대는 없었다. 새로운 것들은 오래된 것들의 무릎에서 오랫동안 유아기를 거친다. 유아기를 오래 지속한 시대는 오래 살아남는다. 인간이나 유인원들이 자연 속에서 오래 살아남는 것을 동물학자들은 그들의 긴 유아기에 둔다. 어쩌면 한 도시는 유아기를 기억하면서 도시의 생명을 연장시키고 있는지도 모른다. 이 도시에서 우리가 볼 수 있는 것은 모든 시대들이 공존하며 지금을 살아가는 모습이다.

뮌스터의 중앙시장은 박공지붕을 가진 48개의 건물들이 길을 사이로 두고 쭉 늘어서 있다. 사람들이 걸어다니는 인도는 그 건물 앞에 서 있는 아치를 이루고 있는 기둥들 아래이다. 이미 12세기부터 뮌스터의 상인 약 천여 명이 자신의 집 앞에 전을 벌이고 물건을 팔았다. 지금 서 있는 박공지붕의 건물들은 몇 세기 동안 하나하나 세워졌는데 대부분은 고딕과 르네상스식이다. 4층의 건물 위에 계단식으로 올려진 박공지붕은 건물마다 다른 스타일을 가지고 있다. 이렇게 오랜 시간 자리를 지킨 건물들은 그러나 2차대전 때 폭격으로 단시간에 잿더미로 무너져내렸고, 이 도시의 많은 역사적인 건물들과 마찬가지로 중앙시장의 박공지붕 건물들도 전후에 원형대로 새로 지어졌다. 하지만 많은 건물의 박공장식에 새 시대의 터치가 들어 있어서 원형태이되 다시는 옛날로 돌아갈 수 없는 상징이 박공지붕들을 스치는 빛과 그늘 사이로 흐른다. 이 건물들은 대부분은 상점이다. 옷과 사진, 신발, 꽃가게, 집안에 놓아둘 장식품, 그릇들을 파는 상점들이 있는가 하면 미용실과 의사들의 진료실, 갤러리와 지방 신문사가 있고 카페와 식당이 있으며 그 사이사이에 물건을 사기 위해 오가는 사람들과 그들에게 동냥하는 동유럽에서 온 거지들이 있고 가끔 상점 앞에 앉아 음악을 연주하는 악사들을 만나기도 한다. 옛날과 마찬가지로 이곳은 여전히 국제적이다. 다양한 피부색을 가진 사람들이 오가며 주고받는 여러 개의 언어를 동시에 들을 수도 있다. 뮌스터를 상징하는 한 건물이 이곳에는 있는데 바로 옛 시청 건물이다. 이 안에는 삼십년전쟁을 끝낸 평화협정이 맺어진 평화의 살롱이 있다.

중앙시장의 박공지붕들. 어느 지붕도 같지 않다. 어느 누구도 같지 않은 것처럼.

삼십년전쟁은 1618년에서 1648년에 일어났던 전 유럽을 휩쓴 전쟁이다. 북으로는 스웨덴과 덴마크, 중유럽에서는 프랑스, 독일, 오스트리아, 네덜란드, 남쪽으로는 스페인, 포르투갈, 이탈리아가 가세한 정치적인 전쟁이었고 구교와 신교의 수장들이 다툼을 벌인 종교전쟁이기도 했다. 이 전쟁으로 독일에서만 하더라도 인구의 3분의 1이 줄어들었고 전쟁전의 상태로 인구가 증가한 것은 18세기에 이르러야 가능했다. 전쟁 비용의 대부분을 감당해야 했던 농부들은 거의 유럽 땅에서 사라져갔다. 드디어 1643년 전쟁에 거의 피해를 입지 않았던 가톨릭 도시 뮌스터와 신교 도시 오스나뷔리크에서 평화협정이 시작되었다. 이 협정이 맺어지기까지 시간은 거의 육 년이나 소요되었다.

뮌스터가 지방도시로 무역 중심지이기는 했지만 유럽 전체가 요동을 친 역사적 사건의 주무대가 된 것은 처음 있는 일이었다. 수많은 외교관들이 유럽 방방곡곡에서 이곳으로 모여들었다. 당시 뮌스터의 인구는 약 만 명이었는데 외국에서 사절로 온 사람들의 숫자는 뮌스터의 인구보다 많은 만 명에서 만 오천 명가량이었다고 한다. 도시 의회에서는 손님들에게 도시의 집들, 수도원, 주교 구역을 빌려주었고 도시는 외교관과 그들의 가족과 시종들로 들썩거렸다. 유럽 명문의 귀족들이 외교사절로 왔으므로 도시의 밤은 화려하게 변했다. 연회와 춤 공연이 이어졌고 거리에는 동냥을 하는 거지들과 창녀들이 넘쳐났다. 사람들을 흥겹게 해주는 광대패들도 도시로 들어와 낮에는 그들의 공연을 보려는 사람들로 장사진을 이루었으며, 심지어 곡예 훈련을 받은 코끼리까지 등장했다. 이 평화협정은 유럽 정치사에서 중요한 일들을 결정하는데 그 가운데 하나가 구교와 신교를 나란히 인정하는 것이었고 전쟁을 끝맺는 것이었지만, 더 중요한 것은 유럽 역사에서 드물게 외교적인 협상으로 피로 물든 전쟁을 끝냈다는 것이었다. 즉, 대화과 교감을 통한 평화협정이었던 점이다.

박공지붕의 계단마다 조각상이 얹혀진 시청 앞에서 넬리 작스의 시를 읽으면서 유대인으로 대학살을 피해 스웨덴으로 탈출할 수밖에 없었던 그녀를 생각한다. 1966년 그녀는 노벨문학상을 받았다. 노벨상이라는 큰 상이 그녀의 문학을 장식하지만 그녀의 문학은 홀로코스트라는 대학살에 대해 시를 쓸 때조차 실려오는 '부드러움'을 특징으로 한다. 큰 목소리로 엄청난 죄를 단죄하는 것이 아니라 부드러운 목소리로 설명하고 그 과거를 존재하게 한다. 그녀는 「땅의 백성들」이라는 시에서 말의 순결함을 강조한다. 말이 파괴될 때 사라지는 것은 말이 아니라 그 말의 집인 인간이다. '말의 우주'는 말의 우주 그 자체이기도 하지만 결국은 그 우주를 인식하는 인간의 것이다. 자신의 모국어로 자신의 백성들을 죽음으로 몰고 간 독일어에 대한 경고이자 결국 모든 폭력을 명령하는 언어의 주인들에 대한 경고이다. 17세기 평화협정이 체결된 이 작지만 화려한 박공건물의 옛 시청 앞에 서서 넬리 작스의 시를 읽을 때 이 평화가 여기를 살고 있는 사람들만의 것이 아니었으면 하는 순진한 바람을 해본다. 총으로 타인을 쏘는 사람들과 그 총알을 막고 죽어가는 사람이 없었으면 하는 마음. 이 세계에는 얼마나 많은 전쟁이 가난한 마을의 역병처럼 창궐하는가.

옛 시청의 안마당과 넓은 보도를 사이에 두고 새 시청이 서 있다. 새 시청은 사각형의 평범한 건물이다. 도시행정을 위하여 아주 실용적으로 지어졌다는 것만 빼면 그리 눈에 띄지 않는다. 오히려 눈에 들어오는 건 옛 시청을 접하고 있는 작은 광장에 자리한 역시나 또하나의 조각 프로젝트 작품이다. 둔탁한 금속으로 만들어져 마주보는 벤치처럼 놓여 있는 이 조각의 제목은 '대화를 통한 관용Toleranz durch dialog'으로 스페인 출신의 조각가 에두아르도 칠리다Eduardo Chillida의 작품이다. 이 작품은 물론 뮌스터의 평화협정을 기념하고 있다. 스페인의 바스켄 지역 출신인 그 역시 오랜 분쟁을 통한 대화의 중요성을 알고 있는 예술가였다. 이

이 작품의 제목은 '대화를 통한 관용'이고 스페인 출신의 조각가 에두아르도 칠리다의 것이다.
벤치에 앉아 있는 두 남자는 멀리서 이곳까지 온 사람들이다.
이 조각 위에서 그들은 쉰다.

금속 벤치 위에는 누구나 앉을 수 있고 누구나 앉아 쉴 수 있다. 이야기를 나눌 수도 있다. 언성을 높이며 싸움을 할 수도 있다. 무엇보다도 중요한 것은 얼굴을 마주한 채 앉아 있을 수 있다는 사실이다.

이 주변에는 뮌스터에서 가장 오래된 서점이 있고, 그 옆에는 차이나 코너라는 이름을 가진 세련된 중국식 간이식당, 옷가게, 담배와 신문을 파는 가게가 있고, 그 너머에는 독일 도시의 가장 중요한 백화점이었던 카르슈타트Karstadt가 있다. 1881년 문을 연 이 백화점은 한때 세계에서 가장 큰 쇼핑몰을 연 적도 있었지만 지금은 수많은 분점들이 문을 닫을 만큼 쇠락의 길을 걷고 있다. 시대의 변화에 맞추어 한 리모델링에 실패한 까닭이라고 전문가들은 말하지만 한때 이 도시로 사람들을 끌어모으던 오래된 백화점이 몰락의 길을 걷고 있는 모습을 바라보자면 한 시대가 정녕 끝나가고 있다는 느낌을 받는다. 아직도 이 백화점을 찾는 이들은 온라인 쇼핑에 적응하지 못하는 나이든 이들이다. 아직도 그들은 물건을 눈으로 직접 보아야만 구매를 하는 세대에 속한다. 그들은 구두를 신어보아야만 구두를 느낄 수 있고 옷도 입어보아야만 옷을 느낄 수 있다. 그들은 또한 꼬박꼬박 아침이면 배달되는 종이신문을 읽으며 돋보기안경을 쓰고 종이책만을 읽는 세대이다. 그 세대의 아이돌이었던 백화점의 쇠락은 그 백화점에서 거의 모든 것을 해결했던 세대의 쇠락일 것이다. 하지만 이 와중에도 쇠락하지 않는 시장이 이곳에 있기도 하다. 바로 크리스마스 시장.

옛 시청과 지금의 시청 사이의 공간에서는 12월 초가 되면 크리스마스 시장이 열린다. 독일의 크리스마스는 거의 한 달 동안 대림절인 아드벤트Advent를 치른다. 라틴어인 아드벤투스adventus, 도착을 의미하는 이 말은 크리스마스 준비 기간을 뜻한다. 아이들은 집에 아드벤트 달력을 달아놓고 첫 아드벤트에서 네번째 아드벤트의 날마다 부모들이 준비한 작은 '놀라움'을 선물받는다. '놀라움'이라고 해봤자 초콜릿이나 작은 장난감이 대부분이지만 아이들의 호기심 어린 눈에는 이 작은 것이 놀라움이다. 이 기간 동안 크리스마스 시장이 독일 전역에 서는데 뮌스터도 예외가 아니다.

이곳은 향기와 빛으로 넘쳐나는 시장이다. 글루바인Glühwein이라는, 적포도주에 말린 귤껍질, 계피 등등 향신료를 넣고 데운 술의 향기가 시장 근처를 은은하게 물들인다. 그리고 브라트부르스트Bratwurst라고 불리는 독일 소시지를 굽는 냄새, 사과나 아몬드에 설탕을 입혀 즉석에서 만들어주는 주전부리나, 감자와 양파를 볶는 냄새들이 사람들 사이를 휘젓고 다닌다. 시장의 가판대에서는 밀랍으로 만든 황금빛 초와 가지각색의 촛불이 넘쳐나고 작은 등불로 장식된 가판대에는 크리스마스 선물들이 팔리기만을 기다리고 있다. 목각 인형들, 양털로 짠 머플러와 모자, 갖가지 크리스마스 화환 사이로 사람들은 삼삼오오 모여 몰려다니기도 하고 글루바인을 마시며 왁자지껄 웃기도 한다. 네덜란드에서 온 관광객들 사이로 크리스마스트리를 어깨에 짊어지고 가는 남자도 보이고, 마요네즈와 케첩을 올린 감자튀김을 호호 불며 먹는 아이들 옆에는 쇼핑백을 몇 개나 손에 든 부모들이 버스를 놓칠까봐 아이들을 재촉하기도 한다. 크리스마스가 다가오면 도심의 레스토랑은 꽉꽉 메워지고 인테리어 소품을 파는 가게들에는 크리스마스 장식품들이 쇼윈도의 얼굴로 등장한다. 빵가게에서는 크리스마스 빵을 굽느라 분주하고 1년에 한 번 정도 특별식을 사느라 들른 사람들로 고급 식자재 가게들은 발 디딜 틈이 없다.

이것은 꿈을 파는 상업화된 계절 감각이다. 부활절에 불을 피우고 부활절 나무를 장식하고 삶은 달걀에 색칠을 해서 숨기고. 부활절 토끼 모양의 초콜릿이 슈퍼마켓에 가득 진열되는 것이 여름의 시작을 알리는 신호라지만 부활절은 크리스마스처럼 그렇게 완벽하게 상업화되어 있지 않다. 라디오에서 끊임없이 울리는 캐럴, 가족의 중요함을 강조하는 텔레비전 광고들, 하루가 멀다 하고 나오는, 올해 독일인은 크리스마스 선물로 얼마나 많은 돈을 지출하는가에 대한 보도 등등은 크리스마스 전야까지 끊임없이 일상을 따라다닌다. 양볼이 빨갛게 달아오른, 뚱뚱하고 하얀 수염을 달았으며 붉은 옷을 입고 있는 한 할아버지가 순록이 끄는 썰매를 타고 하늘로 날아오르며 흰 눈이 내리는 밤에 굴뚝으로 선물을 전해주러 오는 꿈은 할리우드 영화에서부터 코카콜라 선전까지 도배한다. 이 기간 동안 헤어진 가족이 재회하고 이웃에게 인색했던 이들이 회개를 하며 가난한 이웃과 가진 것을 나누는 신화가 공기를 타고 뼛속까지 이른다. 이것은 정말 명절에 대한 인간의 소박한 환상인가, 아니면 상업성이 부풀린 과대망상인가?

소박한 환상과 과대망상의 '스밈과 짜임'이 현대의 명절들이다. 여태껏 치러오던 전통을 되풀이하며 인간의 뿌리를 그곳에 내리려는 버릇과 솜사탕처럼 부풀어진 망상이 만나는 자리. 하지만 그것마저 없다면 우리는 언제 이 만남을 통해 차분히 내면으로 내려가는 시간을 맞이할 것인가. 삶이라는 것은 버릇을 되풀이하며 기억을 재생하려는 경향이 있다. '따뜻한' 기억에 대한 소망은 그 안에서 부풀어오른다. 기억 앞에 '차갑다'라는 형용사를 붙인다 해도 지나간 것들은 아무리 지긋지긋하고 진저리가 쳐진다 해도 그리운 그 무엇을 품고 있다. 지나간 것이니까, 돌아오지 않을 것이니까. 언젠가 모든 것이 좋았던 시간을 크리스마스

기간에 다시 되찾으려 하는 마음들로 장사꾼은 장사를 한다. 하긴, 마음
이라는 것을 장사의 도구로 교묘하게 이용하는 것은 장사의 역사만큼
오래된 것이다.

크리스마스 시장을 걸을 때, 그대들이 그리웠던 마음이 더욱더 사무친
적이 많았지요. 겨울 안개가 크리스마스 등불에 내려앉아 있는 것을 보면
다가오는 기억들이 참 많았지요. 누군가 촛불을 켰을 때, 그리고 촛불 속을
들여다보았을 때, 고요해진 마음 가운데 유독 가장 그리운 것들이 그 안에
서 어른거리는 것도 같습니다. 그 마음을 장사꾼들이 이용한다고 한들 어
쩌겠어요. 이미 기억 중독자가 된 것은 장사꾼들 때문만은 아닌 것을요.

9

펀치의 노래 Punschlied

— 프리드리히 실러 Friedrich Schiller, 1759~1805

네 가지 재료,

진심으로 가져다두었네,

삶을 짓고,

세계를 건설하네

레몬에서 짜내는

즙이 많은 별,

쓴 것은 삶의

가장 깊은 곳에 있는 씨앗

지금 설탕의

달래주는 즙과 함께

쓰고도 타오르는

힘을 길들여라,

물의 솟아오르는

쏟아짐을 따르라,

물은 조용히

모든 것을 껴안는다

정신의 물방울을

그 안에 따라 부으라,

삶을 삶에게로

그는 다만 준다

편치에서 향기가 사라지기 전에

얼른 퍼라,

편치가 타오를 때만,

샘은 위안을 얻으리

대성당Paulusdom과 그 주변
— 삶은 편치처럼

대성당은 50미터가 넘는 길이를 가진 두 개의 벽옥빛 탑과 사암으로
지어진 뮌스터를 상징하는 곳이다. 뮌스터에서 가장 오래된 곳은 바로
이곳이다. 물론 가톨릭과 함께 시작된 도시 역사 속에서 그렇다. 가톨릭
이 이곳으로 들어오기 전 뮌스터는 작센족의 작은 마을이었다. 대성당
은 두 개의 탑을 가진 이 도시의 주인이었다. 도시를 세운 이는 루드게루
스라는 북쪽에서 온 선교사라고 알려져 있다. 그는 여전히 미신을 믿는
작센족에게 가톨릭을 가져다 안겼다. 도시에는 역사시대가 시작되었다
고 역사학자들은 적는다. 천이백 년 전이다. 그 옛날, 가톨릭이 이 도시
로 들어오기 전에 도시의 이름은 미미게르나포르드Mimigeraford였고 지
금 대성당의 서북쪽, 뮌스터아 강의 왼쪽 강변에 자리잡고 있었다고 한
다. 대성당과 광장, 그리고 광장을 둘러싸고 있던 성당의 부속건물은 교
회의 세속화가 이루어지기 전까지 대성당의 면책권을 당당하게 누리던
곳이었다. 면책권뿐이랴. 자라나는 시민의 권력을 견제하면서 실제로

도시를 다스리던 권력이었다.

성당의 오른편에는 '뮌스터의 사자'라고 불리는 클레멘스 아우구스트 그라프 폰 갈렌 주교Clemens August Graf von Galen, 1878~1946의 거대한 동상이 서 있고, 그 앞에는 나무 그늘에 드리운 긴 벤치가 놓여 있어 앉아서 대성당을 바라보기에 좋다. 폰 갈렌은 히틀러가 권력을 잡던 1933년에 뮌스터의 주교가 되었고 1941년의 인종 이데올로기와 광기에 가까운 살인 행위에 대항하는 세 번의 설교를 해서 '뮌스터의 사자'로 유명해졌다. 그리고 죽은 뒤 복자로 시위를 받았다. 이건 하나의 진실이다. 또다른 진실이라 하면 그가 2차대전에 찬성했고, 연합군을 적으로 바라보아야 한다고 했다는 것이다. 그는 러시아의 사회주의자들을 경계했고, 그들에 대항하는 전쟁은 교회의 눈으로 바라보자면 옳은 신념이라고 보았던 것이다.

벤치에 앉아서 보온병을 열어 커피를 마시면서 대성당의 푸른 지붕을 바라보는 시간.
나무 그늘과 복자의 그늘.
나무 그늘 아래로는 새들이 서성이고, 복자의 그늘 속에는 전쟁이 끝나고 난 뒤에도 쉽사리 잘 드러나지 않는 진실 공방의 쓸쓸함이 묻어 있다.

인종 학살을 반대한 한 종교인이 2차대전을 찬성한 이유를 나는 알지 못한다. 그의 깊은 마음에서 나온 온정이 살인을 반대할 수는 있었으나

대성당과 그 주변

대성당 벽에 조각된 성자.
이 성자의 얼굴이 하도 우스꽝스러워 누구인지 궁금해서 한참을 서 있던 적도 있었다.

그는 자신이 속한 국가로부터는 자유롭지 못한 것 같다. 이 주교의 동상
을 대성당 옆에 세워둔 이 도시 사람들의 마음속에는 아마도 그의 온정
을 기억하려는 마음과 그의 실수를 기억하려는 마음이 동시에 있지는
않았을까. 나치를 온몸으로 비판하는 것도 쉬운 일은 아니었지만 전쟁
을 불가피하다고 여긴 것도 한 종교인의 마음으로는 쉽지 않았을 일이
다. 전쟁은 전쟁일 뿐이다. 2차대전 당시 동쪽 전선에서의 전투로 죽은
이들은 그들이 누구라 할지라도 분명 '사람들'이다. 그것 말고 전쟁에
대해서 할 수 있는 말이 더 있을까?

대성당 앞에는 커다란 광장이 있고 그 광장 둘레에는 대성당의 부속 건물들, 뮌스터의 미술관, 대학의 인문학과 건물, 다시 대학의 박물관들, 우체국과 카페, 도시의 중앙행정부의 건물들이 광장을 둘러싸고 서 있다. 대성당은 세월이 지나면서 로마식 건축풍을 지나 고딕식으로 지어졌다. 지붕과 탑이 벽옥색을 띠지만 성당의 몸집은 누런빛이 도는 사암으로 지어졌다. 벽옥빛과 누런빛이 조화를 이루며 햇살이 드는 날이면 전쟁 때 폭격으로 다 무너져서 재건된 성당은 옛 영광과 현재의 고독이라는 아련한 멜랑콜리의 빛에 잠긴다. 세속의 권력을 잃은 이후로도 성당의 지리적 지위는 이 도시에서 매우 높다. 뮌스터 중심가의 많은 부동산이 아직도 성당에 속해 있어서만은 아니다. 지배라는 부정적인 몸짓의 시대가 옅어지고 성당은 위로라는 긍정적인 몸짓을 얻게 되었다. 위로받기를 원하는 영혼은 언제나 있었고 앞으로도 그럴 것이다. 가톨릭 교인이 아닌 이들도 대성당을 바라보면서 위로를 얻는다. 고통스러운 시간에 찾아가 그 안에 앉아 있을 수 있기 때문이다. 유럽과 미국의 가톨릭이 아동 성학대, 부정부패 등등의 수많은 스캔들을 일으키면서 신도를 잃고 있지만 성당은 성당을 바라보는, 위로를 원하는 사람들의 눈길에서 다시금 살아난다.

이 거대한 믿음의 집에 드나드는 사람들은 대성당의 남쪽에 나 있는 문을 드나드는데 그 문의 이름은 파라다이스이다. 그 문을 통과하면 영접실이 나오고 영접실에는 대성당의 보호자인 성 파울(대성당의 공식적인 이름은 성 파울 성당이다)과 그를 둘러싸고 서 있는 세례자 요한, 사자, 양, 그리고 사도들이 반부조로 영접실의 벽 상부에 조각되어 있다. 안으로 들어가면 오르간이 위용을 자랑하며 서 있고 16세기에 만들어진 천문시계와 여러 그림들과 종교적인 예술작품들이 있으며, 드나드는 이들이 50센트 기부금을 내고 켜둔 수많은 작은 초들이 어른거린다. 그 안에 앉아서 어떤 이는 기도를 하고 어떤 이들은 성당 안을 거닐며 석상들과 그림들, 그리 화려하지는 않으나 정갈하게 정돈된 제단을 바라본다. 이 대성당이 자랑하는 것 가운데 하나가 대성당의 북편에 있는 작은 방에 모셔진 금세공품들과 예술 직물품들이다. 이런 물품들이 이곳에 있다고 해서 대성당이 풍족해지는 것은 아니다. 오히려 대성당 안을 걷고 나오다가 파라다이스 문 앞에 앉아 있는 거지 여자를 볼 때 대성당은 대성당이 된다. 다른 이들이 파라다이스의 문을 통과해서 성당으로 들어갈 때 거지 여자는 문 앞에 앉아 손을 벌린다. 그녀는 성당 안에서보다 성당을 방문하고 나오는 문이 있는 성당의 바깥이 동냥을 하기에는 더 적합하다는 것을 본능적으로 아는 듯하다. 성당을 드나드는 이들은 거지를 보는 순간 믿음의 집을 드나드는 이유를 발견한다. 마치 50센트를 내고 촛불을 켜며 개인적인 소망을 중얼거렸을 때처럼 사람들은 다시 지갑을 열고 그녀의 손에 1유로를 쥐여준다. 성당은 그래서 있는 것이다.

이 성당을 장식하는 많은 것들 가운데 천문시계는 1540년에 만들어져 이 성당에 봉헌되었다. 이 시계에는 시각을 가리키는 시침이 하나 있고 분은 바깥 원으로부터 읽어낼 수 있다. 시계가 없었던 시절, 사람들은 이 시계와 성당에서 울려퍼지는 종소리로 시간을 알았다. 그 당시 시간에 대한 감각은 디지털시계에 쫓기며 살아가는 현재와는 사뭇 달랐다. 다만 시침 하나로만 시간을 알려주던 시대, 그때 인간의 시간은 일상적인 것이 아니라 천문학적인 거대한 울림 속에 있었다. 그때가 좋았다는 이야기가 아니다. 다만 우리의 시간에 다른 어떤 차원이 있다는 말을 하고 싶은 것뿐이다. 일상 속에 들어 있는 거대한 움직임이 인간의 시간이다. 그걸 우리는 잊어버렸다. 그리고 시간의 노예로 쫓긴다.

17세기에 뮌스터 시민들을 절대적인 권력에 복종하게 만들어서 '포탄 주교'로 불리던 크리스토프 베른하르트 폰 갈렌의 무덤과 앞서 언급한 폰 갈렌 주교의 무덤도 이 성당 안에 있다. 누군들 무덤으로 들어간다. 이 자명한 사실이 성당 문을 나설 때쯤 보다 더한 섬뜩함으로 다가온다. 태어난 이상 죽음 역시 돌이킬 수 없는 인간의 주기이다. 파라다이스의 문을 나서는 순간 그러나 성당이 존재하는 자리에는 한편으로 '세속의 즐거움'이 존재하는 자리 또한 있다. 그래서 삶은 살 만하다.

실러는 죽기 2년 전 「펀치의 노래」를 썼다. 그는 고귀한 인간 정신에 대해 헌신한 시인이자 극작가였다. 인간의 자유를 믿었으며 현실적인 비극을 직시하면서도 그 비극을 절대적인 신의 의지로 돌리지 않고 인간의 작품으로 바라보았다. 그가 쓴 이 시를 읽으며 폰 갈렌의 동상 옆 벤치에 오래 앉아 있는다. 펀치는 다섯의 재료로 만들어진 술이 든 음료이다. 레몬, 럼, 설탕, 차, 물이 그 재료이다. 원래 인도에서 들어왔다는 이 음료수는 차갑게도 뜨겁게도 마실 수 있는데 다섯 재료가 합쳐져서 이루어지는 조화가 관건이다. 그런데 실러의 시에는 재료가 네 가지이다. 레몬과 물, 설탕, 그리고 마지막으로 합쳐지는 것은 정신적인 힘이다. 실러는 그 정신적인 힘이 무엇인지 언급하지 않았다. 다만 술과 정신적인 힘 사이에는 마땅히 축복받아야만 하는 삶이 있다고만 말하고 있다. 그가 밝히고자 한 계몽은 18세기에서 19세기를 관통하는 힘이었다. 어두운 곳에 빛을 주는 계몽의 정신이 인간의 문명을 더 환하게 해주었지만 결국 인간의 삶에 즐기는 문화가 없다면 계몽은 따분한 교양일 뿐이라는 것을 이 영민한 시인은 눈치채고 있었던 거다.

대성당이 지속성으로 인간의 삶을 안심시켜준다면 매주 수요일과 토요일 오후에 서는 장은 실러가 「펀치의 노래」에서 말하는 삶의 설탕에 가깝다. 장은 토요일 새벽에 세워진다. 농부들 그리고 상인들이 짐차에 싣고 온 물건을 부리고 진열대를 세우기 시작하면 도시의 비둘기들이 먼저 알고 아직은 어두운 새벽하늘에 모여든다. 뮌스터 근처에 있는 농가에서 재배되는 채소들, 치즈와 고기, 달걀과 허브, 꽃들, 뮌스터와 가까운 네덜란드에서 오는 생선들, 역시 숲이 많은 이 도시 주변의 사냥꾼들이 들여오는 야생의 고기들, 양봉가들의 꿀, 농부의 아내가 직접 만든 잼이나 쿠키, 베이커리의 빵들 사이로 이 도시 사람들은 산책을 한다. 대성당의 커다란 벽에 기대어 세워진 차일 아래에서 커피를 마시거나 와플을 먹는다. 시장 한편에는 감자를 강판에 갈아 기름에 지져서 만든 라이베쿠헨을 판다. 우리식으로라면 감자전이다. 우리는 전을 식초가 들어간 간장에 찍어 먹지만 이곳 사람들은 사과를 갈아서 설탕을 넣어 끓여 차갑게 식힌 소스를 곁들인다. 그들은 한적하게 토요일 오전을 먹고 마시며 노닥거리다가 장을 보아서는 집으로 돌아간다. 차일이 치워지고 진열대가 거두어지면 사람들이 떠난 자리에 다시 비둘기들이 모여든다. 그리고 사람들이 남긴 자국을 깨끗하게 먹어치울 때쯤 종소리가 울린다. 시장이 없고 슈퍼마켓만 있었더라면 사람과 사람 사이에서 흘러나오는 향기도 없었을 것이다. 대성당 역시 앞에 벌어진 시장을 통하여 세속의 즐거움과 성당의 경건함이 섞이는 경험을 한다. 시장이 걷히고 나면 성당은 성당의 길을 가고 사람들은 사람의 길을 가지만 이 섞임의 경험만은 이 도시의 감성으로 남는다.

광장을 마주보고 있는 곳에는 뮌스터의 박물관이 서 있다. 이 박물관은 중세와 근현대의 미술품들을 진열한다. 옛 건물은 누런 사암으로 지어졌지만 새로 지어진 건물은 누런 사암의 벽을 맞대고 말끔한 흰색의 벽을 가졌다. 옛 벽과 새 벽이 어깨를 맞대고 서 있는 모습은 현재라는 것이 결국은 과거의 자식임을 생생하게 증명하는 것이다. 만만하게 사라지는 것이 과거가 아니라는 것도 의도적으로 강조하고 있는 듯하다. 하긴 얼마나 오랫동안 우리는 과거가 사라지기만을 바라는 문화적 분위기에서 살아왔나. 빈티지 취미로서의 과거가 아닌 현재의 태어남을 가능하게 했던 모태로서의 과거 말이다. 한 시간 안에 들어 있는 다른 시간, 그 시간 지층의 겹침, 한자리에서 현재를 이루며 존재한다는 사실을 우리는 잊고 싶어했다. 우리 자신이 생물학적으로도 사회 문화적으로도 수십만 년의 산물인데도 말이다. 발이 발로 진화하기까지 손이 손으로 진화하기까지 걸린 시간을 우리는 우리 속에 지닌 채 걷고, 커피를 마시느라 손으로 잔을 든다.

위를 올려다보면 박물관의 벽면을 장식한 반부조들이 보인다. 여신의 얼굴이 있는가 하면 신화 속에 나오는 영웅들이 있고 사자처럼 사나운 짐승들이 있기도 하다. 돌에 뒷덜미를 붙잡힌 것처럼 그들은 돌과 하나가 되어 건물의 벽면에 모여 있다. 하지만 이곳에 어둠이 내리면 이 광장은 오래된 이 반부조들의 자리가 될지도 모르겠다. 낮 동안은 침묵하던 그들이 밤이면 돌에서 내려와 이 광장을 배회하는 꿈을 나는 가끔 꾸기도 했다. 그 이유는 바로 그들의 모습이 우리 꿈의 일부이기 때문이다. 꿈이 없었더라면 인간은 저 부조들을 만들어내지 못했을 것이다. 저건 부조가 아니라 가시화된 우리들의 꿈이다.

실러가 말한 '정신적인 것'은 어쩌면 광장의 다른 한편에 서 있는 건물들의 열을 말하는 건지도 모르겠다. 그 건물들은 뮌스터 대학의 인문학과 건물이다. 뮌스터 대학은 이미 17세기에 세워졌고 18세기로 들어서면서 대학으로서 모습을 갖추었으며 정치적인 결정으로 잠시 문을 닫았다가 1902년에 새로 열렸다. 뮌스터 대학의 학생 수는 거의 5만 명에 육박하며, 독일에서는 다섯번째로 큰 대학이기도 하다. 독일의 오래된 대학들이 대부분 그러하듯 대학 건물들은 도시 중심가의 여기저기에 흩어져 있는데 도심에 있는 대학 건물은 217개이다. 광장에서 볼 수 있는 대학 건물 가운데 하나는 퓌르스텐베르크 하우스Fürstenberghaus인데 그 안에는 인문학과들이 자리를 잡고 있다. 학생들의 자전거가 열을 이루고 서 있는 건물 옆에는 18세기 대학의 창립에 결정적인 역할을 한 프란츠 폰 퓌르스텐베르크Franz von Fürstenberg, 1729~1810의 동상이 있고, 계단으로 내려갈 수 있는 작은 길을 사이에 두고 지질학과 고생물학 박물관이 있다. 이 박물관에는 광물과 화석, 그리고 거대한 마모스의 해골, 공룡, 고생대 산호 등등이 전시되어 있다.

대성당과 광장을 둘러싼 건물들은 이렇게 시간과 시간이 얽혀 공동의 시간을 살고 있다. 사라진 것들이 사라질 때의 모습으로 발굴되어 진열되는 곳이 박물관이라면, 성당은 인간 마음의 시간들이 영속적으로 흐르고 있는 곳이다. 대학은 이제 발랄하게 지성의 삶을 시작하는 젊은 시간들로 들끓는다. 자전거를 타고 도심 곳곳에 강의를 들으러 가는 학생들과 광장을 천천히 걷는 수도사들, 대성당을 보기 위해 온 여행객들, 낡은 가죽가방을 들고 비스듬하게 걸어가는 나이든 교수들, 도심을 걸으려고 나온 사람들, 모든 사람들이 함께 모여 삶의 뜨거운 술인 펀치를 만드는 곳. 레몬의 속처럼 쓰리고 신 시간도, 설탕처럼 단 시간도, 물처럼 고요하던 시간도, 정신의 물방울처럼 뜨거운 시간도, 이미 죽어버린 시간도 이곳에서는 아직 흐르고 있다. 광장 한구석에는 물을 마실 수 있는 우물이 하나 있는데 물이 나오는 곳은 한 처녀의 입이다. 간혹 맑은 물이 나오기도 하지만 대부분은 물이 나오지 않는다. 물이 나오지 않는 그 시간 동안 대성당의 종소리가 울리고 광장에 불이 하나둘 켜지면 이 광장을 무대로 펼쳐지던 도시 연극, 음악회, 정치인들의 선거 행사, 1년의 마지막 밤과 새로 밝아오는 새해가 겹쳐지는 순간에 축포를 들며 서로 껴안는 모습들이 한꺼번에 오버랩된다.

어떤 시간도 혼자 흐르지 않는다.

어떤 시간도 함께 흐르지만은 않는다.

어떤 시간도 절대적으로 고독하여 기어이 불을 꺼뜨리지 않는다.

10

그 둘 Die Beiden

—휴고 폰 호프만슈탈 Hugo von Hofmannsthal, 1874~1929

그녀는 손으로 컵을 날랐네
—그녀의 턱과 입은 컵의 가장자리를 닮았네—
그렇게 가벼이 그리고 확실한 그녀의 걸음걸이,
컵에서 물은 한 방울도 흘러내리지 않았네

그의 손은 그렇게 가볍고 그리고 확고했네:
그는 젊은 말을 타고 달렸네
그리고 태만한 몸짓으로
말을 떨면서 멈추어 서게 했네

하지만, 그가 그녀의 손으로부터
가벼운 컵을 받아야 했을 때,
그것은 둘에게는 너무나 무거운 일이었네:
어떤 손도 다른 손을 찾지 못할 만큼,
둘은 손을 너무나 떨었기에
그리고 검붉은 와인은 바닥으로 굴러갔네

루드게리 거리Ludgeristrasse와 쾨니히 거리Koenigstrasse에서
—손과 손들

손은 인간에게 많은 것을 이루도록 했다. 네발 가운데 앞의 두 발이 손이 되었을 때, 인간의 시간은 달라지기 시작했다. 물론 발은 손만큼 중요했다. 걷는 인간, 걸어서 대륙에서 대륙으로 이동하거나 노동을 하는 기본조건이 되어주던 발 역시 손만큼 소중했다. 기억해둘 것은 그러나 네 개의 발이 손과 발이 되면서 우리는 달라졌다는 것이다. 인간의 몸, 그 에로틱한 순간은 발이 아니라 손에서 시작된다. 내가 너의 손을 잡을 때 아주 고요하고도 도발적인 에로틱은 시작된다.

인간 사이의 관계는 인간이 신과 맺는 관계와는 다르다. 예수는 제자의 발을 씻으면서 그 겸허한 종교적인 위치를 획득하지만 인간은 인간의 손을 잡으면서 관계의 입구를 만든다. 에로틱의 입구는 입이 아니라 손이다. 잡으려다 멈추고 그러다 결국 서로의 손을 맞으면서 두 인간 사이의 관계는 시작된다. 저녁에 서둘러 네게로 간 게 발이 한 일이라면 가는 길 도중에 네게 주기 위하여 길가에 떨어진 새 깃털을 줍는 것은 손이 한 일이었다. 인간은 서로 잘 몰라도 손을 잡기는 하지만 발을 잡지는 않는다. 발과 발이 맞닿는 것은 조금 더 사이가 은밀해질 때 이루어진다. 연인 사이라고 해도 손을 먼저 잡지 발을 먼저 잡지는 않는다. 입맞춤을 한 사이라도 발을 서로에게 보여줄 때까지는 시간이 걸린다. 손은 서로 맞잡는 순간, 인간을 인간에게로 다가가게 만든다. 한 인간이 한 인간에게 손을 내미는 것이 평화의 상징으로 간주되는 것도 이 때문이다.

루드게리 거리Ludgeristrasse와 쾨니히 거리Koenigstrasse는 나란히 서 있었다. 이 두 거리를 갈라놓는 것은 일렬의 건물들인데 이 건물들은 도심의 어느 거리와 마찬가지로 상점들로 가득차 있다. 유럽의 어느 도시를 가든 볼 수 있는 옷 상표들, 그 사이에 있는 휴대폰 가게들, 패스트푸드 식당들. 독일 전역에 체인을 가지고 있는 3층으로 이루어진 서점 탈리아. 언젠가부터 도심의 서점들이 가벼워졌다. 일본 만화를 위한 코너가 생기고 여행과 레저를 위한 책들, 디브이디 코너가 생긴 대신 인문학 책들의 코너는 현저히 작아지고 시집 코너 역시 콩만해졌다. 몇 권 놓아둔 시집들도 지금 활동하고 있는 시인들의 시집은 없고 전세기에 세계적으로 유명했던 시인들의 시집만이, 그것도 선집으로만 간간이 볼 수 있을 뿐이다. 선집!

선집이라는 단어에는 글쓰는 일들의 아픔이 들어 있다. 전집이 아니라 선집이다. 이 세상의 모든 글쓰기마다 세속적인 성공이 가능할 리는 만무하다. 하는 수 없는 일이다. 한 인간이 그의 생애에서 쓴 글들이 다 성공한 글일 수는 없다. 성공과 실패의 순간. 책도 모든 상품과 마찬가지로 소비자가 찾지 않으면 잊음으로 떨어진다. 소비자의 잊음이라는 이 엄청난 말은 자본주의 사회가 우리를 길들인 말이다. 소비당하지 못한 모든 기록은 의미 없는 기록으로 소외당한다. 이건 책만의 문제는 아니다. 음악, 영화, 미술…… 모든 장르의 대중적으로 사랑받지 못하는 작품들은 철저히 사라진다.

우리는 잊히는 대상이기도 하지만 누군가를, 뭔가를 철저하게 잊음으로 사라지게 하는 주체이기도 하다. '잊지 않겠습니다'라는 반복되는 맹세는 얼마나 쉽게 우리가 잊어버리는지를 반복해서 들려주는 것이다.

도심의 서점. 그래도 반갑다. 이런 잊혀가는 책의 시대에 아직 서점이 있다는 것. 잊혀가는 흑백영화를 상영하기 위해서 허술한 건물에 이벤트의 밤들을 위한 포스터를 붙여놓은 대안 문화공간을 보는 것처럼. 대세로 들어오지 못하는 모든 감각이 가까스레 숨쉬는 곳, 도심의 서점. 그 안에서 조용히 잠을 깨듯 걷는다. 서가와 서가 사이에 앉아서 책을 읽을 수 있도록 소파도 있고 공간은 여유롭고 조명은 밝다. 이 세련된 서점 안을 어슬렁거릴 때면 뮌스터로 오고 난 뒤 지난 20년 동안 사라진 작은 서점들이 생각난다.

1마르크에 귄터 그라스의 『넙치』와 파울 첼란 시선집을 샀던 문학서와 인문 도서만을 팔던 중고 서점.

　작가 이름만 알려주면 그 작가의 고조할아버지부터 젊은 시절 발표했다가 절판된 책까지 줄줄 외고 있었던 키 작고 붉은 머리칼을 가진 엘렌 씨가 하던 서점(엘렌 씨는 내가 좋아하는 작가의 신간이 출간되었음을 미처 모른 내가 다른 책들 앞에서 머뭇거릴 때면 슬며시 다가와서 그 작가의 신간을 내게 들이밀곤 했다. 그녀는 내가 어떤 작가를 좋아하는지, 심지어 어떤 작가의 어떤 시절의 작품을 좋아하는지도 어림짐작할 줄 알았다).

　중고 화집만을 취급하던 서점. 그 서점에서 나는 처음으로 고야의 데생 모음을 보았다. 악몽을 꾸는 고야. 그는 책상에 엎드려 잠을 자고 있었고 그의 머리 위로 시커먼 새들이 날아가고 있었다. 화집이라 가난한 학생은 성큼 살 수도 없었지만 시간만 나면 그 서점에 죽치고 앉아 수많은 화집들을 본 경험이 있다. 서점 주인은 길게 자란 흰 수염을 단 할아버지였는데 서점에는 언제나 전 비틀스 출신이던 조지 해리슨이 그의 스승이던 라비 샹카르와 같이 연주하던 음악을 틀어놓곤 했다. 고야, 뒤라, 달리, 탕기의 화집들 사이에 흐르던 가녀린 인도 현악기. 그 서점들은 도심에서 사라져버렸다. 대신 이렇게 크고 밝은 체인 서점이 생긴 뒤에는 서점을 운영하는 회사가 내놓는 전자책을 살 수 있는 코너가 2층 매장의 3분의 1 정도를 크게 차지하게 되었다. 하지만 나는 여전히 서점을 좋아한다. 얼마나 천박하든 얼마나 모던하든 서점은 곧 서점이다. 그

뮌스터의 도심에 있는 어느 서점의 쇼윈도.
책은 진열될 때 아주 멋져 보이기도 하지만 읽혔을 때여야만 진정 책이다.

곳에는 책들의 들숨과 날숨이 있다. 서가 앞에 서면 들릴 듯 말 듯한 숨소리들.

이 거리를 북적거리게 하는 것은 그러나 상점만은 아니다. 이 거리에는 피카소 박물관이 있고 주소도 피카소 플라츠 1번지로 명명되었다. 8백여 점의 피카소 석판을 소장하고 있는 이 박물관의 건물은 옛 귀족의 빌라에 들어 있다. 이 건물 역시 2차대전으로 파괴되어 전쟁 후에 복구를 했다. 박물관은 얼마 전에 문을 연 모던한 쇼핑몰과 바로 연결되어 있으며 카페가 연결점을 이룬다. 1층에는 박물관에 입장할 수 있는 티켓을 파는

루드게리 거리와 쾨니히 거리에서

창구와 상점이 있고 2층부터 3층까지가 전시회장이다. 어떤 한 개인이 그가 수집, 소장하고 있던 피카소 작품을 도시에 기증했다. 2층에서 3층으로 올라가는 계단에 서서 창으로 바깥을 내다보면 보도의 돌로 피카소의 얼굴이 모자이크되어 있음을 알게 된다. 하지만 보도를 걸을 때 자신이 밟는 돌 가운데 하나가 피카소의 눈이며 코이며 입이라는 것을 아는 행인이 과연 얼마나 될까. 박물관에 올라가서 내려다보아야만 보이는 피카소의 얼굴. 이것이 21세기 문화 시민의 전형적인 모습이다. 도처에 예술이 있는데도 지나간 세기의 작품들이 무덤의 부장품처럼 들어 있는 잘 꾸며진 능이라는 박물관에나 예술이 있을 거라고 21세기 문화 시민인 우리는 착각한다.

거리는 다시 세속의 즐거운 상점들로 줄을 이룬다. 옷, 휴대폰, 또 옷, 가방, 구두, 핸드백, 인테리어 소품 등등의 상점들이 점령한 거리를 지나다가 문득 발견하는 둔중한 성당. 이 도시에 가톨릭을 전파했던 루드게리우스의 이름을 딴 성당이다. 이 성당은 12세기경에 지어졌으며 모든 세월을 견디고 지탱했지만 역시 2차대전으로 무너져내렸다. 이 성당에는 폭격으로 두 팔을 잃은 예수의 십자가가 있다. 가슴에 폭탄의 파편이 박혀 있는 예수. 폐허에서 발견된 두 팔을 잃은 예수의 십자가를 원래대로 복원하는 대신 사람들은 성경에서 인용한 새 비명을 양팔이 있던 자리에 적어두었다. "나는 너희들의 손들 말고는 다른 손이 필요 없다."

이 간곡한 비명에 덧붙여 새 조각을 성당 앞에 만든 것은 중국 출신의

이렇게나 많은 손들이 우리에게는 필요한 것이다.

작가인 황융핑(황용빙)이었다. 이 설치 조각은 1997년에 열린 조각 프로젝트에 출품되었으며 제목은 '백 개의 손을 가진 관음'이다. 두 손을 잃은 예수의 십자가상이 들어 있는 성당 앞에 설치된 이 작품은, 잃은 두 손 대신 새로 생긴 백 개의 손을 덧붙여 인간의 연대를 표현했다는 평을 듣는다. 하늘로 향하는, 둥그런 철제의 원에 덧붙여진 백 개의 손에는 제각기 다른 물건들이 들려 있다.

손은 손을 낳는다. 두 손을 잃은 예수에게 관음의 손들은 말한다. 당신이 양손을 잃었다면 이 세계의 다른 손들이 당신의 손이 된다고.

루드게리 거리와 쾨니히 거리에서

호프만슈탈은 청년기에만 시를 썼다. 그는 일찍이 말의 불가능성을 알았던 이였고, 일찌감치 시각과 음악이 함께 있는 극장으로 관심을 돌렸던 이였다. 그에게 가장 중요했던 것은 말이 아니라 말 이전에 인간을 정면으로 드러내는 몸짓이었다. 그의 시 「그 둘」은 오직 몸짓만이 단 하나의 구원이 되는 세계를 보여준다. 하지만 두 사람의 손이 어떤 이유에서든 닿지 못한다면 두 손은 바닥으로 굴러떨어져 깨어지는 불안한 유리잔조차 붙잡지 못한다. 호프만슈탈은 그 장면을 시로 쓴다. 한 인간이 타인의 손을 잘 잡는 일은 사건이다. 일생에 진심으로 우리는 몇몇의 손을 잡았을까.

다만 몇 손.
다만 죽음과 사랑에 닿을 거라는 믿음에서 내민 손.
그 울퉁불퉁한 노동으로 미워진 손.
타인의 손을 끌어안고 차가운 거리를 걸었던 기억이 있는 이들은 이 손이 무엇을 뜻하는지를 알리라.

집을 나가 10년 동안 아버지와 절연을 하고 살았던 어떤 이가 어느 날 아버지가 죽음의 병상에 누워 있다는 소식을 받는다. 하는 수 없이 그는 아버지가 입원해 있는 병원을 찾아간다. 삶의 마지막 분초를 살고 있는 아버지에게 그가 할 수 있는 일은 손을 잡아주는 것 말고는 없었다. 한때 어머니를 무지막지하게 때려 결국은 자살을 하게끔 만든 그 손이 혐오스러워서 그는 집을 나와 살아야 했는데도 말이다. 한 인간이 한 인간에게 해줄 수 있는 마지막 일은 아마도 손을 잡아주는 일이 아닐까. 손을 잡는 순간이 끝나면 그때야 오열이 터져나온다.

와인을 파는 상점이 문을 닫은 성당의 거리에 서서 눈을 맞는다. 와인 상점과 성당 사이에는 관음의 손 백 개가 하늘로 손을 뻗어 눈을 잡으려는 듯 보인다. 네 손이 내 손을 잡았던 차가운 거리, 나를 겉도는 영혼에서 아주 말랑말랑한 홍시의 영혼으로 되돌려주었던 그 거리를 생각한다. 그때 네 손은 얼마나 안전했는가. 나를 구해줄 수 있을 것 같아서. 그때 네 손은 얼마나 불안했는가. 이 눈처럼 훅, 하고 나를 떠나버릴 것 같아서. 손을 잡으며 나는 너의 약함을 감지하고 너는 내가 얼마나 불완전한지를 느낀다.

폐허에서 발견된 당신의 양손이여.
이 거리에서 그냥 잡습니다.
제 약함을 고백하고도 고백하고도 넉넉해서
인간의 손은 이 우주의 모든 날씨 나쁜 날을 안아주네요.

11

마왕 Erlkonig

— 요한 볼프강 폰 괴테 Johann Wolfgang von Goethe, 1749~1832

누가 그렇게 늦게 밤과 바람 속을 달리는가?

아버지가 아이와 함께 달리네;

그는 아이를 팔 속에 잘 안고 있네,

그는 아이를 안전하게 붙잡고 있네, 그는 아이를 따뜻하게 하네

아들아, 무얼 그렇게 무서워하며 네 얼굴 속에 감추고 있니?

아버지, 보이지 않나요, 마왕이?

왕관과 긴 옷자락을 가진 마왕이?

아들아, 그건 안개 자락이란다

"너 사랑스러운 아이야, 오렴, 나와 함께 가자!

아주 재미있는 놀이를 너와 함께 할 거다;

많은 알록달록한 꽃들이 해변에는 있고,

내 어머니는 황금 옷을 많이 가졌지."

아버지, 아버지, 그리고 듣지 못하시나요,

마왕이 제게 조용히 약속하는 것을?

조용히 하렴, 가만히 있으렴, 아들아;

마른 이파리들 속에서 바람이 흔들거리는 것뿐이니

"착한 아이야, 나와 함께 가고 싶으니?

내 딸들이 너를 참하게 기다리고 있을 거다;

내 딸들이 밤의 춤으로 이끌 거다,

그리고 흔들며 춤추며 노래를 불러 잠재울 거다."

아버지, 아버지, 그리고 보이지 않나요?

마왕의 딸들이 어두운 곳에 있는데?

아들아, 아들아, 나는 정확히 보고 있어;

오래된 버드나무가 그렇게 잿빛으로 보이는 거야

"나는 너를 사랑한다, 네 아름다운 모습이 나를 매혹시키는구나;

그리고 네가 원하지 않는다면, 강제로라도."

아버지, 아버지, 지금 그가 나를 만져요!

마왕이 나에게 아픔을 주었어요!

아버지는 공포에 질렸고, 말을 빨리 몰았네,

그는 팔에 신음하는 아이를 안네,

간신히 호프에 도착했을 때;

그의 팔 안에서 아이는 죽어 있었네

뮌스터아 강Münster Aa Fluss을 따라서 걷기 1
―츠빙어에서 키펜케를 거리Kiepenkerlstrasse로

뮌스터를 흐르는 뮌스터아 강은 강이라고 하기에는 조금 작아서 차라리 하천이라는 느낌을 준다. 강은 잘 지어진 운하 속에 갇혀 흐르고 있다. 뮌스터아 강은 예전엔 아마도 지금보다는 더 넓었을 것이다. 세월이 흐르면서 강의 폭이 현저하게 좁아진 것인데, 사람들과 함께 살아야 했던 강의 길은 이렇다. 사람들에게 제 갈 길을 내주어야 했던 것이다. 츠빙어에서 나오면 푸른 반지에 모습을 감추고 있던 강이 나온다. 이 운하를 쭉 따라서 걸으면 새다리 노이브뤼케Neubrucke가 나오고 강은 그렇게 끊어지는가 싶더니 전통적으로 마리아에게 봉헌된 물 너머의 성당 위버바서 성당Überwasserkirche 동쪽으로 다시 이어지며 잠시 도로에게 자리를 내어주는가 싶더니 에게디 시장Aegedimarkt에서 다시금 이어져 인공 호수인 아호수에 이르게 된다.

물이 흐르는 도시.

내 고향 도시의 한복판에는 강이 흐르고 있었다.

아주 어렸을 적 강안에서 오랫동안 놀기도 했다. 몇 초 전에 나를 지나
간 물이 지금 내가 바라보는 물이 아니라는 것을 강의 흐름은 내게 가르
쳐주었다. 그건 세월에 대한 감각을 가르쳐주었다는 말과 같다. 그뿐만
아니라 하나로 보이는 강의 흐름을 아주 오래 들여다보고 있으면 그 흐
름이 동일하지 않음을 알게 된다. 잦아지다가 다시 몰려가기도 하고 물
결이 싣고 가는 햇빛, 구름, 바람도 그때그때 달랐다. 나는 같아 보이는
이 모든 것이 사실은 너무나 개별적인 시간의 이라는 것도 그때 배웠다.
그후로 나는 물이 흐르는 도시를 좋아했다. 물을 들여다보고 있으면 스
러지는 것과 탄생하는 것이 하나의 몸을 이루면서 흘러가는 것이 보였
다. 물가에서 맞는 바람도 좋았다. 강풍은 강풍이라서 미풍은 미풍이라
서 좋았다. 물 근처에서 해가 떴다 지는 걸 보는 것도 좋았다. 내 마음이
간직한 고향의 가장 아래 놓인 그림은 어쩌면 평화로운 물가였는지도
모른다. 고고학을 공부하면서 아주 오래전부터 한곳에 정착한 채 산 사
람들은 물가에서 살 곳을 찾았다는 걸 알게 되었다. 특히 물결이 완만한
강 옆에 건설된 마을들은 수명이 길었다.

하지만 물가에 사는 사람들은 물이 가져다주는 이익만을 누리고 살
수는 없었다. 평소에는 그렇게 많은 것을 주던 물이 어느 한순간에 모든
것을 빼앗기도 했다. 홍수가 나서 강이 넘쳐 마을을 덮칠 때 마을은 거대
한 곤죽이 되었다. 사람의 마을을 이루고 있던 모든 것이 한 물결 속에

뒤섞였다. 소중한 것부터 장을 비웠던 오물까지 섞이고 섞이는 아수라장을 경험하고, 덮쳤던 물이 빠져나갈 때 모든 것을 다 잃은 망연자실을 경험하면서도 사람들은 물가에 사는 것을 멈추지 않았다. 물이 가져다주는 이익이 무엇보다도 가장 중요한 이유였겠지만 그만큼 물이 가져다주는 정서적인 위안도 한몫했을 거라는 생각이 든다. 사람들은 이익만을 챙기며 살아가지 않는다. 어떤 순간에는 이익보다 더 중요한 것을 선택하기도 한다. 이 세계에는 자신의 이익보다 더 중요한 게 많다는 걸 많은 사람들은 본능적으로 알고 있다. 그것은 우리를 안심시킨다. 내가 물가를 떠나지 못하는 이유는 언젠가 다시 모든 것을 다 빼앗기게 된다 해도 하루를 물과 같이 동행할 수 있다는 기쁨 때문이다. 그리고 물 옆은 누군가를 그리워하는 일을 최적화시킨다. 내게 그리움을 가르쳐준 스승이 있다면 그건 물일 것이다.

괴테의 「마왕」이라는 시를 내가 처음으로 읽은 것은 중학교를 다닐 때다. 아마도 당시 유행하던 여고생 잡지에서 본 듯하다. 1970년대였다. 임 모라는 하이틴 배우가 골목골목의 남학생들을 설레게 하고 있을 때였다. 나보다 손위인 언니와 언니의 친구들이 돌려보던 잡지를 나도 얻어 보았나보다. 나보다 약간은 나이가 많아 보이는 표지 모델들은 앙증맞고 귀여웠으며 패션란에 실린 여학생들의 옷과 모자, 알록달록한 긴 양말이 나를 매혹하곤 했다. 그리고 가끔 하이틴 스타들의 인터뷰가 실리기도 했는데 그 가운데 누군가가 가장 좋아하던 음식이라고 말하던 '미트볼이 들어간 스파게티'. 나는 그때 처음으로 그 음식의 이름을 들었다. 이제 갓 영어를 배우기 시작해서 미트와 볼이라는 말은 알고 있었다. 고기와 동그란 공. 흠, 동그랑땡인 거지. 그런데 스파게티는 뭐란 말인가. 볶은 양송이와 토마토소스, 그 위에 파슬리 가루를 뿌리고 파르마산이라는 가루 치즈를 뿌려 한데 비벼 먹는 이태리 국수. 짐작은 되었으나 비벼 먹는 국수라곤 자장면만 알던 나는 붉은색이 도는 토마토소스가 잘 상상이 되지 않았다. 그 당시 우리집에서는 비빔국수도 고추장에 비비지 않고 간장에 비볐으므로 붉은색이 도는 국수를 나는 좀처럼 떠올릴 수가 없었다. 혹여 다른 잡지에 미트볼이 들어간 스파게티라는 음식 사진이 나올까 싶어 찾아보기도 했다. 그러다가 사진 한 장을 발견했는데 애석하게도 흑백이었다. 사진 속에서 넓은 접시에 든 국수가 보였다. 중면 정도의 두께. 그리고 그 위에 올려진 동그랑땡처럼 보이는 미트볼. 레시피가 그 옆에 적혀 있었는데 소스를 만들기 위해서는 잘 익은 토마토, 당근, 셀러리, 양파가 들어가고 육수가 필요하다고 적혀 있었다. 셀러리는 뭘까? 채소라는 건 느껴졌으나 나는 그 셀러리를 한 번도 본 적이 없었다. 육수가 들어간다고? 소고기 국물이라면 여름에 복달임을 할 때나 명절에 국을 끓일 때 우리던 귀한 거였다. 그런데 고작 국수를 만든다고 고기 국물을? 멸치 국물도 아니고. 나에게 스파게티라는 음식은 그때부터 너무나 먼 고급 음식이었다. 심지어 젓가락으로 집어서 후루룩 먹는 것이 아니라 포크에 돌돌 감고 소리를 내지 않고 먹어야 한다는 대목에서 나는 입을 딱 벌렸다. 너무나 멀고도 먼 음식이 중학생인 나에게는 스파게티였다. 그러나 너무나 치명적으로 유혹적인 음식이 바로 그 국수이기도 했다.

그러다가 잡지 한편에 있는 세계의 명시를 소개하는 코너에서 나는 「마왕」을 읽었다. 아버지의 품에 안겨 밤에 말을 타고 가다가 마왕의 유혹을 받는 소년. 아버지에게 아무리 호소해도 아버지는 마왕을 볼 수 없었고 소년만이 마왕을 보았다고 했다. 그리고 소년은 죽는다. 나는 그 시에 금방 끌리게 되었다. 시라는 것을 많이 읽어본 적이 없었는데도 말이다. 그렇게 소년만 알아차렸던 마왕의 유혹.

스파게티의 유혹과 마왕의 유혹.
아마도 중학생인 나에게 스파게티는 바깥을 향한 동경이 아니었을까?
어떻게 그 안전한 아버지의 품안에서 소년은 그토록 치명적인 유혹을 알아차렸을까?

누추한 집, 언니와 같이 쓰던 방. 행복하고도 따뜻한 기억이 많기도 했지만 그곳은 내가 살던, 내가 너무나 잘 아는 곳이었다. 지방 도시에서 서울로 가기가 쉽지 않은 시대였다. 우리집은 그리 넉넉하지 않아서 서울로 대학을 가는 것은 꿈조차 꿀 수도 없었다. 그 당시 나는 평생 내가 태어난 도시에서 자라고 살고 늙고 죽게 되는 건 아닐까, 겁에 사로잡혀 있기도 했다. 스파게티를 먹어보지도 못하고 이 작은 지방 도시에서 늙어가는 모습이 악몽처럼 나를 사로잡았다. 스파게티를 동경하는 마음이 내가 자란 모든 조건을 누추하다고 무시하는 일은 아닐까 하는 죄책감까지 들게 했다. 혹, 마왕의 유혹은 아니었을까? 그 유혹을 견뎌내지 못하면 죽는다는 전언이 흑백사진 속 스파게티에 올려진 커다란 미트볼처럼 내 심장을 눌렀다. 그것이 나에게는 「마왕」에 대한 기억이었다.

그리고 뮌스터에 살면서 운하길을 걷다가 다시 읽어본 「마왕」은 더이상 유혹과 죽음이라는 테마로 나를 무작정 이끌지만은 않았다. 시적인 것, 서사적인 것, 드라마적인 것이 한 시에 들어 있었다. 이 시에서 문학적인 장르는 구분되지 않는다. 모든 장르가 한 시에 들어와 극적인 모든 순간들을 완성시킨다. 시적인 순간이 있는가 하면 서사적인 순간과 드라마적인 순간이 공존하는 삶처럼. 또한 이 세 요소가 구분되지 않은 채 스며드는 삶처럼. 그리고 이것은 도심을 흐르는 물의 길이기도 하다. 정적 속을 흐르다가 도로와 만나고 다시 정적 속으로 스며드는가 싶더니 오랜 시간을 살아낸 대학 건물과 만나고 그러다 끊어지는가 싶더니 다시 이어져 도로를 달리는 차와 자전거를 옆에 두고 흐르다 결국 호수로 들어간다. 정적이라는 시적인 것, 도시의 분주함이라는 서사적인 것, 그리고 물과 도시와 대학 건물들이 접하면서 생기는 드라마가 이 물길을 따라가는 이와 함께 걷는다.

나이가 든다고 유혹이라는 치명적인 달콤함을 버릴 수 있을까? 아닐 것이다. 뭔가, 혹은 누군가에게 끌렸던 그 설렘만큼 삶을 삶으로 만들어주는 것은 없다. 죽음의 기미를 알아채면서도 유혹에게로 한 걸음 한 걸음 걸어가는 이들은 일종의 삶 중독자이다. 파멸을 예감하면서도 매일 밤 도박장을 찾는 이 어쩔 수 없음을 살아내야 하는 이들. 그리고 우리들 모두에게는 유혹이 인생을 동반한다.

이 정적 속의 물길. 그 양편에 서 있는 건물들에 사람이 살고 있을까. 건물들은 대부분 지상 3층 정도이고 지하층은 물밑에 있다. 물과 경계를 하고 있는 지하층은 언제나 물에 발을 담그고 있다. 정체를 알 수 없는 건물들의 일부가 보통 사람들이 사는 집이고, 또 주차장 입구로 사용되는 테라스라는 것을 알게도 되었지만 여전히 건물들은 낯설다. 다른 편에 있는 건물들은 더 수상하다. 낮은 건물들은 벽 뒤에서 자신의 모습을 꽁꽁 감추어두고 있다. 가끔 정장을 말끔히 차려입은 남자가 서류 가방을 들고 나오는 것 말고는 벽과 벽 사이에 있는 문은 도무지 열리지 않는다. 이 완벽한 침묵 뒤에 있는 것은 무엇인지. 간판을 크게 만들지 않아서 이방인들은 좀처럼 건물의 용도를 알 수가 없다. 서울 거리에 큼지막하게 우왕좌왕 서 있거나 누워 있거나 붙어 있는 간판들과는 달리 이 도시의 행정가들은 엄격하게 간판의 크기를 제한한다. 건물을 도배질하는 간판은 이 도시에서 찾아볼 수가 없다. 삼엄하게 자신의 정체를 숨기는 이 건물은 아마도 죽어가는 이들이 마지막으로 찾아오는 요양원이거나 부유한 노인들의 양로원 같은 시설일 것이다. 그리고 그 시설을 지키고 관리하는 이들은 이 도시의 가톨릭 기관들일 것이다. 어쩌면 이 벽 뒤에는 정적으로 울음을 숨긴 죽음들이 있는지도 모른다. 인간이 사는 도시에 삶과 죽음이 나란히 있는 것은 너무나 당연한 일이지만 죽음 옆을 이렇게 가까이 지나갈 때 문득 벽 저 너머가 두렵다.

물길을 따라서 간간이 나무 벤치들이 보인다. 걷다가 피곤하면 쉬었다 가라는 뜻이다. 어떤 벤치 밑에서 누군가 벗어놓고 간 남자 구두가 보

누가 이 구두를 벗어두고 어디로 갔나?

인다. 누구의 구두일까? 별로 비싸 보이지도 않고 오래 걸어서 낡은 듯한 그 구두가 자꾸 눈에 걸린다. 문득 윤흥길의 소설 『아홉 켤레의 구두로 남은 사내』가 떠오른다. 남은 것은 아홉 켤레의 구두. 그 구두만을 남기고 실종된 가난한 사내. 비교적 부유한 이 도시에도 가난한 이들은 있기에 구두 한 켤레를 벗어놓고 어딘가로 사라져버린 것은 아닐지. 혹, 이 남자는 마왕의 유혹을 도심에서 들었던 것은 아닐지. 지루한 일상을 살면서 우리들은 마왕의 유혹을 남몰래 바라기도 한다. 도시에서 은밀하게 거래되는 욕망과 관련된 산업들 대부분이 우리의 유혹에 대한 갈망을 양식으로 먹고 살기에. 다시 걷다보면 침묵의 벽에 가득 갈겨둔 스프레이 낙서가 보인다. 이 벽에 그려진 스프레이 낙서는 이 운하길의 정적 속에 먹혀 시끄럽지 않고 고요하다. 분주한 거리, 어두운 골목길, 기차역 옆에 서 있는 건물의 벽에 그려진 스프레이 낙서가 도시의 소란함을 말해준다면, 이곳의 낙서는 이 길의 고요함을 말해준다. 이 길을 나오자 작은 다리가 보이고, 그 옆에는 미장원과 식료품을 파는 작은 가게, 꽃가게와 빵집이 보이고, 아파트와 흡사한 4층가량의 건물이 서 있음이 보이는데 그 건물은 양로원이다. 미장원에 노인들이, 식료품을 파는 가게에도 노인들이, 빵집에도 노인들이 있고 건물 앞 벤치에도 역시 노인들이 앉아서 볕바라기를 하고 있다. 이들은 2차대전 전과 후의 역사를 고스란히 살아낸 세대이다. 그 가운데는 히틀러를 지지했던 이들도 있고 히틀러에 대항했던 이들도 있을 것이다. 능동적으로 유대인 학살에 참여했거나 아니면 반대한 이들도 물론 있을 것이다. 무엇보다 전쟁이 끝난 이후 맨손으로 독일을 재건한 세대이기도 하다. 이제 그들은 양로원에서 인생의 황혼 속에 고요히 앉아 오늘중으로 복용해야 할 약이라든지 간밤에 꾼 악몽이라든지 멀리 살고 있는 자식들에 관해서 대화를 나눈다. 내가 걸어온 길에서 본 정적의 벽들 가운데 마지막 벽이 그들이 살고 있는 아파트의 벽이었다는 것을 나는 뒤돌아보면서 알게 된다. 양로원 앞에 있는 꽃가게의 이름은 '민들레'인데 독일어로는 '푸스테불루메Puste-blume'이다. 불면 날아가는 꽃이라는 뜻이다. 양로원을 방문하는 이들을 위해 꽃가게는 언제나 분주하다. 불면 날아가는 꽃이라는 이름의 꽃가게 앞에서 인간의 삶도 이 이름과 비슷하지는 않나, 문득 그런 생각이 들었다. 후 하고 불면 날아가버리는 한 인간의 시간. 정말 그 시간은 없어지는 걸까. 꽃씨들은 가벼움으로 이 세계 속으로 날아들어 어딘가 다시 정착할 땅을 찾는다. 가벼움이라는 생물학적인 존재의 특성이 그들의 번식을 보장한다. 그들이 무거웠더라면 이 세계의 곳곳에 피어 있는 민들레는 없으리. 인간이 그렇게 가벼운 존재가 아니었더라면 우리는 영원히 우리 오만함의 군건한 성에 갇혀 살아가야 하리.

몇 년 전 이곳의 오른편에 중국집이 하나 있었다. 점심 뷔페가 있어서 얇은 지갑으로도 가끔 드나들 수 있는 곳이었다. 광동의 어느 곳에서 왔다는 일가족이 하는 식당이었는데 아버지가 요리를 하고 어머니와 딸이 청소와 서빙을 하고 사위가 식재료를 사오는 곳이었다. 문이 열리는 열두시보다 조금 일찍 간 어느 날 작은 소녀가 서빙을 하는 어머니와 함께 그림을 그리고 있었다. 내가 들어가자 젊은 어머니는 얼른 재스민차를 가져다주면서 뷔페가 열리기까지 기다리라고 친절하게 웃었다. 이른 아침에 커피 한 잔만 마셨는지라 재스민차를 마시자마자 내 배는 벌써 요동을 하고 있었다. 그때 소녀가 나에게로 와서 빈 도화지를 내밀었다. 그림 그려줘. 소녀는 나에게 짧게 말하고는 이내 내 어깨에다 손을 얹었다.

뭘 그려?

그냥…… 네가 원하는 것.

내가 원하는 것을 그려달라고 말하는 소녀 앞에서 나는 말을 잃었다. 내가 원하는 것은 무엇일까?

나는 꽃이 가득 핀 마당에 서 있는 작은 집을 그렸다. 그리고 그 집안에서 분주하게 오가며 저녁식사를 준비하는 여자들을 그렸고 여자들 앞에서 구슬치기를 하는 아이들을 그렸다. 작은 구름 같은 연기가 나오는 굴뚝을 그렸고, 그 옆으로 날아가는 새를 그렸다. 그림 그리기를 마치자 소녀는 나에게 말했다.

창문 앞에 호두나무 한 그루도 그려줘.

왜?

겨울이 오잖아, 다람쥐도 먹을 게 있어야지.

내가 미처 그리지 못한 그림 위로 소녀의 머리가 수그려졌을 때 소녀의 어머니가 손짓을 했다. 점심식사 준비되었어요!

잘 튀긴 고기와 생선, 그리고 채소가 즐비한 뷔페. 이게 원래 중국식인지, 아니면 독일인이 중국식이라고 추측해서 생긴 메뉴인지. 마늘 없이 볶은 마파두부, 달기만 한 닭튀김. 현지인들의 입맛이라는 상상이 만들어낸 음식들. 구체적인 인간의 입맛이 거세되고 가정된 입맛만이 남은 저 뷔페를 견디게 한 것은 아마도 나에게 그림 그리기를 요구하던 소녀 덕분이었으리라.

그림을 그려줘.

무슨 그림을?

원하는 대로.

살다보면 저마다 『어린 왕자』 속의 한 장면 같은 순간을 한 번쯤 겪게 된다. 소녀의 눈빛은 나에게 용기를 주었다. 그렇게 부드러우면서도 단호한 눈빛을 나는 본 적이 없었다. 나는 부드럽지만 단호한 눈빛을 잊지 않을 것이다. 나는 어떤 선동의 깃발을 위해서는 어떠한 그림도 그리지 않을 것이지만 네가 원하는 대로 그림을 그려줘, 라고 말하는 어린 소녀의 말만을 순순히 들을 것이다. 그런데 그 중국집이 사라졌다. 광둥에서 왔다는 가족도. 대신 건물 주인이 집세를 한꺼번에 올렸다는 소문이 생겨났다. 옛 중국집 앞에 멈추어 선다. 중고의 옷들이 걸려 있는 가게가 옛 중국집이다. 양파를 볶는 기름 냄새도, 붉은 등도, 입구를 지키고 서 있던 이 지상에는 없는 불가해한 웃음을 함빡 지으며 두 손을 번쩍 들고 서 있던 달마 상도 사라졌다. 소녀가 나에게 그림을 그려달라고 하던 그 시간은 그렇게 영원히 사라졌다.

운하의 길을 걷기 위해서는 이제 도로를 건너야 한다. 도로를 건너면 운하길이 양편으로 다시 나타난다. 그 중간에 작은 길이 나 있고 그 길로 들어서면 작은 동상이 서 있는 키펜케를 거리가 나온다. 키펜케를이라고 불리는 어깨에 망태를 짊어진 남자의 동상이다. 키펜케를은 도시와 도시 근교를 이어주던 이들이다. 그들은 도시 근교에서 재배되는 채소나 감자, 그리고 사냥꾼들이 잡은 토끼들이나 꿩들을 망태에 담고 도시로 실어날랐다. 물론 그런 물건을 파는 것이 본직이었으나 마을과 마을을 돌아다니며 수많은 사람들과 접촉을 할 수 있었던 이 키펜케를들은 중매쟁이의 역할도 떠맡았다. 비단 장수들이나 소금 장수들이 마을을 돌아다니며 물건을 팔고 마을 사정에도 밝아서 이 마을 저 마을에 예쁜 색시나 듬직한 총각들의 입소문을 내주었던 우리의 사정과 그리 다르지 않았다. 그들이 어느 집에 밥숟갈이 몇 개인지까지 알았던 것처럼 키펜케를도 마찬가지였다.

이 동상이 서 있는 곳에는 전형적인 뮌스터의 음식을 파는 식당들도 있다. 돼지 피를 굳혀서 만든 소시지에 약간의 샐러드와 군감자를 곁들이는 음식을 이곳에서 먹을 수 있다. 물론 커피 한 잔에 뜨거운 바닐라소스를 끼얹은 사과파이를 곁들이며 오후를 낙낙하게 보낼 수도 있다. 테라스에 붉은 꽃이 활짝 핀 화분을 내놓고 손님들을 기다리는 식당의 풍경은 그야말로 평화였다. 햇빛이 드는 날이면 테라스의 붉은 꽃들이 빛을 받아 낭창낭창 반짝였다. 하지만 이 키펜케를이라는 순박한 마을 장사꾼도 2차대전 당시 나치에게 악용당했다. 폭격을 당해 주위는 폐허가 되었는데도 키펜케를 동상만은 우연히 폭격을 면했다. 2차대전이 말기로 치달으면서 나치의 패배는 가시화되기 시작했고, 독일인들이 전쟁의 대열에서 이탈하는 것을 두려워했던 나치들은 폭격에서 살아남은 이 동상을 전쟁 선전물로 이용했다. 그 당시에 나치가 제작해서 뿌린 포스터를 보면 폭격의 폐허에 우뚝 솟아 있는 동상 밑에 "그럼에도 불구하고 그러므로 우리는 확고하게 머문다"라는 글귀가 새겨져 있음을 알 수 있다. 소름이 끼친다. 만일 그들이 "확고하게 머물"렀더라면 이 세계는 지금 우리가 알고 있는 세계와는 확연히 다를 것이다. 외국인으로 이 도시에 와서 공부를 하며 산책을 할 수 있는 '나'라는 나그네도 없었을 것이

이 순진한 동상은 나치의 선전물로 전락한 적도 있었다.

다. 이 동상은 그러나 연합군의 탱크 공격으로 부서졌고 전쟁중에 다시
새 동상이 세워졌다. 나치의 '확고함'은 패배의 기미가 짙어져갈수록 광
기로 들어섰고 도시의 소년, 소녀조차 연합군에 끝까지 저항하라는 지
시를 받고 총을 들어야 했다. 그들의 게릴라 공격을 막아야 했던 연합군
들은 어쩔 수 없이 어린아이들에게도 총을 겨누어야 했다. 이 비극은 인
간의 비극이다. 지우려야 지울 수 없는 인간의 상처이다. 평화스럽게 서
있는 이 동상의 자리에서 전쟁의 참혹함을 떠올리자니 그래서 더더욱 뼈
아프다. 이 전쟁에 휘말려들었던 독일인들은 어쩌면 마왕의 유혹에 넘어
가 결국 죽임을 당한 아이일지도 모른다. 괴테는 어쩌면 다가올 미래를
이 시에서 발설하고 있었는지도 모른다. 아버지 나라(우리가 모국, 즉 어

머니 나라라고 우리의 공동체를 명명하는 것과는 달리 독일인들은 '아버지 나라'라고 그들의 공동체를 명명한다)를 위해서 살인을 마다하지 않았던 독일인들은 가해자였으나 그 전쟁이 불러온 그들의 정신적 파탄을 생각한다면 그들 역시 그들 자신의 피해자일지도 모르겠다.

철학자인 한나 아렌트는 1960년 이스라엘에서 열린 나치 전범 아돌프 아이히만의 재판을 지켜보고 난 뒤 "단지 나는 위에서 오는 지시에만 따랐다"라고 말하는 아이히만에게서 "악의 평범성"을 보았다고 말했다. 수많은 유대인을 죽음으로 몰고 갔던 아이히만은 너무나 평범한 중년 남자였다. 그에게는 어떤 이데올로기적인 광기도 없었다. 다만 그는 위에서 내려온 지시를 성실하게 수행한 공무원이었으며 한 가족의 가장이었다. 그의 범죄는 "스스로 생각하기를 포기하는" 순간, 저질러졌다. 위에서 온 지시의 도덕성을 독립적으로 판단할 수 없었던, 아니 판단하기를 멈추었던 순간, 그는 악의 화신이 되었다.

키펜케를이 나치의 선전물로 전락했을 때 이 거리는 전쟁의 한복판에 놓여 있었다. 그러나 지금 이곳은 키펜게를들이 마을과 마을을 돌며 농작물과 사냥거리를 망태에 걸머진 채 인근 마을의 소문들을 들려주며 이 도시를 돌아다닐 때처럼 평화롭다. 이 평화는 얼마나 소중한가. 그리고 이 평화는 크리스털 유리잔처럼 얼마나 깨어지기 쉬운가.

뮌스터아 강을 따라서 걷기 2

— 위버바서 성당Überwasserkirche을 바라보며 아호수Aasee로

뮌스터아 강은 도심을 흐르나 도시보다 낮은 곳에 있어서 강의 운하를 따라 걸으려면 작은 계단을 밟고 내려가야 한다. 계단 몇 개였을 뿐이었다. 그런데도 강안은 도심과는 사뭇 다른 얼굴이다. 약간은 외지고 나무와 덩굴이 무성하고 물은 계절마다 수위를 바꾸며 흘러가서 마치 도심과는 독립적인 공간을 이루고 있다는 느낌을 준다. 그러나 도심은 물을 놓아주지 않는다. 물 너머에 있는 위버바서 성당의 탑은 강안을 걷고 있는 동안 걷는 사람을 언제나 따라온다. 이 성당은 11세기부터 그 자리였고 세월이 흘러 탑이 무너지고 성당 전체가 화재로 불타기도 했으나 언제나 그 자리를 지켰다. 재세례파들이 도시를 장악하고 있는 동안 그들은 성당의 탑을 무너뜨리고 그 위에서 적을 향하여 대포를 겨누었다. 그들이 이 도시에서 사라지고 난 뒤 성당은 다시 성당의 자리로 돌아왔다.

성당이 있던 자리에는 언제나 성당이,

절이 있던 자리에는 언제나 절이,

모스크Mosque가 있던 자리에는 언제나 모스크가.

한번 성스러운 곳이라 여겨진 곳을 인간은 잊지 않는다. 그 자리에 누구도 사원 아닌 다른 것을 짓는 불경을 저지르지 못한다. 그게 성스러운 것을 향하는 인간의 마음이다. 사원을 파괴하는 자들이 무서운 것은 이 때문이다. 그들은 기본적인 인간성을 잊어버렸다. 많은 잊음 가운데 가장 공포스러운 잊음은 인간이 인간이라는 사실을 잊어버리는 것이다. 폭력은 바로 그 순간에 나온다.

이 성당의 옆에는 신학자들을 길러내는 학교가 있고, 그 학교에는 커다란 도서관이 있다. 그 도서관에는 장서만 무려 70만 권이 있으며 이탈리아의 신부이자 음악가이며 악보 수집가인 포르투나토 산티니Fortunato Santini, 1778~1861가 모은 2만여 개의 16세기에서 19세기의 로마 음악의 악보가 소장되어 있기도 하다. 위버바서 성당의 고딕식 건축 사이, 현대식으로 지어진 사각의 건물이 나란히 서 있는데 고딕의 장엄함과 현대건축의 단순함이 어우러져 차마 지나가지 못하는 과거가 현재에 덧붙어 살아가는 듯한 느낌을 준다. 도서관은 과거의 문서들과 현재의 문서들을 품고 고요하게 서 있다. 무엇보다 그렇게 많은 악보들이 그 안에 들어 있다니. 돌로 만들어진 건축물이 소장하고 있는 음악들은, 어떤 의미에서 무겁고 둔중한 물질의 임무가 가녀리고 섬세한 정신을 보호하는 것은 아닐까, 하는 생각이 들게 한다.

그 앞에는 이집트학, 고대동방학, 인도학, 이슬람학의 연구소들이 줄을 이어 서 있는데 각각의 연구소에는 도서관이 딸려 있다. 이 거리에 서 있는 도서관들은 자신의 정체를 쉽게 발설하지 않는다. 소장되어 있는 책들도 역시 마찬가지다. 누구에게나 개방되어 있는 도서관이지만 그곳을 찾아와 책을 읽는 이들은 사뭇 이 현세와는 약간 비켜나 있다는 느낌을 준다. 이들은 조용하고 느리다. 19세기 후반이나 20세기 초반 조용히 이 세계로 나온 책들을 들여다보는 데에 인생의 소중한 시간들을 보내는 이들. 이 세계에 책이 존재하는 이유가 어쩌면 그들의 삶 때문은 아닐는지. 책들에 한없는 매력을 느끼고 그 매력에 빠져서 온전히 제 가을의 오후를 갖다 바치는 이들의 얼굴에는 이 세계의 어떤 폭력이 침범하지 못할 평화가 깃들어 있다.

그러나 책들은 마왕의 유혹 가운데 하나일지도 모른다. 위버바서 성당이 보이는 자리에 다음의 운하를 연결해주는 아주 작은 다리가 있는데, 몇 년 전 그 다리 위에서 거지 행색을 한 남자가 배낭을 짊어지고 구걸을 하곤 했다. 나는 그 남자가 대학 식당의 쓰레기통을 뒤져서 학생들이 반쯤 베어먹다 버린 빵을 주워 먹던 장면을 종종 목격하곤 했다. 나이든 학생들은 그를 잘 알고 있었다. 고대철학을 공부하다가 미쳐버린 옛학생이라고 그들은 말했다. 그 작은 다리를 지나 중앙도서관과 법학도서관이 줄줄이 늘어선 운하 곁의 도서관으로 갈 때 그를 만나면 나는 작은 동전을 쥐어주곤 했는데 그는 고맙다는 말도 없이 동전을 받아 재빨리 주머니에 넣고는 읽고 있던 아리스토텔레스의『시학』에 눈을 돌리곤 했다. 말할 수 없이 낡은 책은 오래전에 인쇄되어 지금은 사용되지 않는 알파벳으로 찍혀 있었다. 그는 책을 정말 읽는 것 같지는 않았다. 다만 버릇대로 책을 들여다보고 있을 뿐이었다. 갈아입지 못한 옷, 씻지 못한 몸에서 나는 악취에 둘러싸인 『시학』.

언젠가 나도 그 책을 읽은 적이 있었다. 아주 오래된 일이다. 아마도 고전을 읽어야만 한다는 강박관념에 사로잡혀 있던 청년시절을 지나고 있을 무렵이었을 것이다. 그 고전이 내 시 영혼에 어떤 영향을 미쳤는지 나는 알 수 없다. 다만 그 책을 읽던 시절, 나에게는 시를 쓰고 싶은 열망만이 가득했고 시를 쓰면서 사는 삶이 어떤 것인지 짐작조차 할 수 없었다. 시인의 건방짐인지 모르겠지만 시를 정의하는 모든 가르침은 지금, 이 순간, 시를 읽고 시를 쓰는 나와는 상관없다는 걸 나는 내 경험으로 알아버린 듯하다. 내 경험은 나에게 중요한 것이지 당신에게 중요한 것은 아니었다. 내 경험인 걸 어쩔 것인가. 당신이 그토록 사무치게 맛있다던 국이 내 입에는 소태처럼 쓰릴 때 당신과 내 간격은 보이지만…… 이거야말로 인간적인 거 아닌가. 당신의 단골집인 생선구이집에서 내가 뜨악하게 구워진 비린 생선을 보며 입맛 없이 숟가락을 내려놓을 때…… 당신은 내 입맛을 꾸짖으며 화를 냈던가.

생선구이에 대한 입맛이 종교나 미학에 대한 순결성과는 다른 것이라 주장할 수 있는 이들이 있다면 그 근거를 내게 말해달라.

다만 고전 읽기의 체험으로 내 기억에 남아 있던 그 책은 미쳐버린 옛 학생의 손에 들려 세월이 흐르고 흘러도 존재하는 책이라는 이미지로 내 눈에 비추어졌다.

어떤 책 읽기의 자폐가 그를 미치게 만들었을까?

배신당한 사랑 때문에 미쳤을 수도 있는데 왜 나는 순간 그가 책 때문에 미쳐버린 거라고 생각하는 걸까? 아니면 그 둘이 겹쳐졌을까?

사랑하는 이와 약속을 하고 도서관에서 책을 읽다가 약속 시간을 놓친 기억이 나에게는 있다. 문득 시계를 보니 이미 약속 시간으로부터 한 시간이나 지나 있었다. 허둥지둥 책을 반납하고 어둑해지는 저녁의 거리를 뛰어서 버스를 타고 약속 장소에 가보니 그곳에서 그가 아직도 나를 기다리고 있었다. 먼발치에서 그의 모습을 보는 순간, 나는 일생을 통하여 이 사람에게 참 많은 것을 줘야겠구나 싶은 결심을 하게 됐다. 사랑은 책과 달리 현재적이어서 쉽게 들뜨고 쉽게 자리를 옮기게 만드는데, 한 자리에서 두 시간이 넘게 나를 기다리는 사람이 있다니. 그 복에 나는 채 다 읽지 못하고 반납해야 했던 그 책의 아쉬움을 금방 달랠 수 있었다. 그런데 만일 그 자리에서 그 사람이 나를 기다리고 있지 않았다면?

다음날 나는 도서관에서 마치 원수 보듯 다시 그 책을 빌려 어두운 구석자리에 앉은 채 점점 세계를 떠나 어떤 자폐로 나를 유배시켰으리라. 물론 이건 순간적인 생각이다. 다시 연락을 할 수도 있고, 사과를 하고 다음날로 약속 시간을 옮길 수도 있었으리라. 하지만 그 순간, 네가 그 자리에 없었더라면 나는 극단적인 환상에 빠져 책에 유혹당한 나를 저주할 수도 있었을 것이다. 그런데 만약 그 저주의 순간이 책 때문에 반복된다면?

옛 학생이 어느 날부터 그 다리에 보이지 않아 주섬주섬 물어보니 그가 죽은 지 무려 두 달이 된 뒤라고 했다. 한밤에 그 다리 위에서 『시학』을 끌어안은 채 죽어 있는 그를 순찰을 돌던 경찰이 발견했다고 사람들은 말했다. 누더기가 된 『시학』은 그와 함께 이 도시에서 일가족 없이 거리에서 죽은 이들을 위해 마련해주는 경비로 화장되었을 거라고 나는 추측했다. 바늘로 심장이 찔린 것 같았다. 이름조차 모르는 옛 학생과 『시학』에 대한 이미지는 이 운하를 걸어갈 때마다 지울 수 없는 흉터처럼 나를 따라다녔다. 이유는 잘 모르겠다. 다만, 너를 떠나와 이 도시에서 공부를 하고 있던 내가 영영 너에게로 돌아갈 수 없으리라는 예감 때문이었으리. 그리고 더는 네가 나를 기다리지 않음을 알리. 네가 나를 기다렸던 그 자리에 존재했던 둘만의 시간도 차츰 사라지리.

그런 시간이 사라지더라도 누군가의 품안에서 누더기가 되어간 책들은 도서관에 있다. 주제별로 정리되어 저자별로 묶인 채 다리에서 몇 계단을 내려가면 보이는 다음 운하길은 도서관들과 연구소들이 즐비한 뮌스터 대학 인문학의 심장 지대이다. 가톨릭 신학 연구소, 영문학, 불문학, 지금은 다른 곳으로 이사한 독문학, 법학, 미술학, 고고학 등등의 연구소들이 운하 주변에 서 있다. 운하 곁에 우거진 나무들과 덩굴들은 무성해서 운하길은 짙은 나무 그늘 속에 있다. 곳곳에 있는 작은 풀밭에서는 학생들이 볕을 받으며 책을 읽거나 나무 그늘의 둔중함에 의지한 채 잠을 자고 있다. 다른 곳과 마찬가지로 인문학을 공부하여 직업을 얻는 경우는 이곳에서도 그리 만만한 일이 아니다. 해마다 연구비와 도서관 경비는 줄고 다른 공부보다 시간이 많이 걸리는 인문학을 공부하면서 학생들은 불안한 미래와 빛나는 인문학의 정신 사이에서 시달릴 수밖에 없다. 하지만 여전히 인문학을 공부하러 학생들은 강의실을 들락거리고 도서관에서 늦은 저녁을 보낸다. 운하길을 걷다가 늦은 시간임에도 불이 켜진 도서관의 불빛을 볼 때마다 설레는 마음은 분명 돈과 명예로 가려는 마음은 아닐 것이다. 정신을 단련시키는 동안 통장은 비어가고 미래에 대한 불안은 늘어간다. 문학이나 미학이나 철학을 공부랍시고 할 게 아니었다는 자괴감도 커져간다. 그러나 도서관에서 소리 없이 나를 기다리고 있는 책들을 향한 열망을 버릴 수는 없다.

어둑어둑한 운하길을 걷는 저녁, 아직도 불이 켜져 있는 도서관들을 바라본다.

법학과 지하에 마련된 작은 식당에서 이미 식어버린 채소 수프 한 그릇에 빵 한 조각을 먹고 나와서는 불이 켜진 도서관으로 다시 돌아가는 이들의 뒷모습에서 나는 책 읽기가 노동인 인간의 슬픔 같은 것을 느낀다. 읽기와 쓰기를 노동으로 인정하지 않는 사회에 대한 작은 항의 같은 것도 들어 있겠다 싶다. 빠른 시간 내에 최대의 결과를 얻어내야만 하는 시대정신에 맞추어 살아가지 못하는 인간의 우울도 분명 드리워져 있을 것이다. 빨리빨리 해치우지 못하는 일이 진득한 책 읽기이다. 한두 장에 지나지 않는 글을 일주일 이상이나 붙잡고 있어야 할 때도 있다. 하지만 어쩌랴. 저 별 같은 이름 모를 수많은 책들이 누군가 와서 읽어주기를 기다리는 도서관. 내가 발굴하지 않으면 도서관이라는 무덤 속에서 사라질 책들. 그리고 책 읽기가 끝나도 다시 열을 지어 기다리고 있는 책들. 책 노동자들이 자주 우울한 건 그들의 노동으로도 책 읽기는 영원히 끝나지 않으리라는 예감에서 나올지도 모른다.

운하길을 계속 따라 걷다보면 다시 세속으로 들어가는 건널목이 나온다. 이 건널목을 지나 다시 운하로 갈 수 있지만 한편으로는 세속으로 들어갈 수도 있다. 세속에는 카페와 옷가게, 식당과 안경점, 작은 미술관이 있지만 옆으로 가지 않고 똑바로 걸으면 다시 운하길이 나타난다. 이 운하길은 도시의 소음을 막아주며 계절마다 바뀌면서 잎을 열거나 꽃을 피우는 식물들로 가득해, 물질적인 어떤 것도 대신해주지 않은 초록의 행복을 주기에 충분하다. 그리고 이 운하길을 지나면 드디어 호수가 나온다. 수위가 자주 올라가 도심을 물구덩이로 몰아넣곤 했던 옛 늪지를 막아서 호수로 만든 곳, 아호수. 좁은 운하길이 끝나고 다시 건널목에 서 있으면 호수가 좁은 운하길을 걸으며 마왕의 유혹을 생각하던 마음을 홀연, 넓게 트이게 한다.

우리의 삶은 좁은 운하만을 걷지는 않을 것이다.

좁은 길을 걷다보면 저렇게 트인 곳도 만나게 되는 것이다.

작은 기쁨.

그리고 마왕이 더이상 나를 따라오지 않을 거라는 안도감.

비가 내리는 날, 호수 앞에서 너를 생각할 때가 참 많았다. 이렇게 많은 사람이 오가는데 너와 똑같은 사람은 이 세계 어느 곳에도 없다. 그대의 웃음을 한 번만이라도 다시 들을 수 있다면, 하고 생각한 적도 있다. 그 웃음소리는 내가 이 지상에서 들었던 모든 소리 가운데 가장 희미하고도 연해서 금방 사라질 것만 같았다. 그것도 마왕의 유혹이었노라 너는 농담을 할 수도 있겠지만.

12

안녕 Lebt Wohl

—아네테 폰 드로스테휠스호프 Annette von Dorste-Hülshoff, 1797~1848

안녕, 다른 수가 없다오!

그대들의 펄럭이는 돛을 팽팽하게 펴요,

나를 내 성에 혼자 두시오,

적막하고 유령 같은 내 집 속에

안녕 그리고 내 심장도 그대들과 함께 가져가오

그리고 내 마지막 태양빛도;

그는 떠나리, 떠나리, 곧,

그도 어차피 한 번은 떠나야 하므로

나를 내 호수의 뱃전에 두시오,

나를 흔들며 물결의 스침과 함께,

혼자 내 마술의 말과 함께,

알프스의 정신과 진정한 나와 함께

버려졌지만, 외롭지는 않았고,

흔들렸지만, 짓이겨지지는 않았다오,

아직 성스러운 빛이

나를 사랑의 눈으로 바라보는 동안에는

싱그러운 숲이

나에게 모든 이파리에서 노래를 속삭이는 동안,

모든 절벽에서, 모든 틈에서

나와 요정이 친구가 되어 엿들을 동안에는

아직 팔이 자유로워서

그리고 존재하듯 나에게서 에테르로 뻗을 동안,

그리고 모든 야생 독수리의 비명이

내 안에서 야생의 뮤즈를 깨울 동안에는

아호수에서
—사랑이라는 인공 호수

아호수는 40.2헥타르의 넓이에 2.5킬로미터의 길이를 가졌다. 물 깊이가 그렇게 깊지는 않아서 가장 깊은 곳이라야 2미터 정도이다. 아호수는 인공 호수이다. 19세기부터 이곳에 호수를 만들자는 제안을 뮌스터인 동물학자이자 아호수 뒤편에 자리잡은 동물원을 만든 란도이스 교수 Hermann Landois, 1835~1905가 했다. 늪지에 비가 많이 내릴 때면 물이 고이고 고이다가 드디어 넘쳐서 도심으로까지 흘러들어왔다. 그때마다 뮌스터의 도심은 물에 잠겼다. 1925년에 실제 공사로 이루어졌고 1936년까지 물을 담을 수 있는 구덩이 공사가 진행되었다고 한다.

1936년.

도시를 장악한 것은 나치 정권이었다. 뮌스터에도 1933년, 나치들이 권력을 장악한 해에 급격히 나치의 움직임이 생겨났다. 가톨릭 도시이고 아직은 나치의 빠른 정권 장악을 미심쩍이 바라보던 이들이 꽤 많은 도시였으나 결국 도시는 나치에게로 넘어갔다고 한다. 얼마전 한 인터뷰에서 전 독일 수상 헬무트 슈미트Helmut Schmidt는 2차대전 당시 유대인을 학살한 것은 '나치들'이 아니라 '독일인들'이었다고 말했다. 누구도 그때의 정치 상황에서는 자유로울 수 없었던 것을 이제 아흔이 훨씬 넘은 전 수상은 말하고 있는 것이다. 아호수의 왼편에 자리잡았던 나치 대관구의 건물. 지금은 학생들의 식당으로 쓰이는 이 건물이 그 당시 이미 공사가 끝난 아호수 곁에 삼엄하게 서 있었다. 이 건물은 나치의 지방행정을 담당했다. 정권이 바뀌면 하나의 건물이 그 기능을 달리한다는 생각을 하니 참으로 끔찍하다. 한때 나치 군인을 징병하고 유대인의 목록을 작성하고 시민을 감시하고 전쟁을 치를 비용을 모으던 지방행정 건물이 학생식당이 되었다. 나치의 흔적은 이제 말끔히 사라지고 독일 학생들과 세계 각지에서 온 학생들이 식판을 든 채 서 있다. 나 역시 이 건물에 든 식당에서 식권을 사서는 식판을 들고 줄 뒤에 서 있다. 게시판에 적힌 식단을 바라보며 오늘은 슈니첼을 먹을지, 아니면 샐러드에다 빵을 먹을지를 생각하곤 했다. 양송이와 주키니 호박을 익히지 않고 생으로 썰어서 샐러드로 먹는 것을 신기해하기도 했고, 시커먼 빵도 빵이지만 귀리를 굵게 빻아 만든 품페르니켈Pumpernickel이라는 거친 빵이 이 지방의 명물이라는 것도 이곳에서 배웠다. 연구소의 동료들과 함께 정오의 햇살이 넘쳐나는 아호수를 바라보며 끝나지 않을 것처럼 지루하던 대학생활에 우울해하기도 했다. 약 60여 년 전 이곳에 나치들이 맹목의 깃발을 내걸고 무고한 사람들을 수용소로 실어날랐다는 것을 나는 짐작조차 하지 못했다.

나치들이 정권을 장악했던 시절.

이 도시에서 한 인간으로 온전해지기를 꿈꾸던 이들은 자신의 방에 갇혔다. 일상은 별로 변한 게 없었다고 도시의 역사가들은 적는다. 아이들은 나치의 물결 속에서도 가톨릭 학교를 다녔고, 연극 무대에는 좋은 극들이 계속해서 올라왔으며, 교회에 속한 도서관은 계속해서 책들을 시민들에게 공급했고, 게다가 시민 도서관도 세워졌다. 뮌스터의 카니발도 초봄에 계속해서 개최되었고, 시민들은 카니발 복장을 한 채 거리에서 술을 나누어 마시며 즐겼으며, 교통망도 넓어졌다. 하지만 이런 풍경은 겉모습이었을 뿐이라고 도시의 역사가들은 동시에 적는다. 곧 도시는 전체주의 물결 속에 휩쓸려들어갔다. 모두가 같은 도시. 평등한 것이 아니라 모두가 같은 생각을 하고 같은 생각만을 용납했던 도시. 유대인과 집시, 장애인과 동성애자들을 미워해야만 하고, 순혈주의를 숭상해야만 하고, 조국과 민족, 민족의 지도자를 맹목적으로 추종해야 하는, 생 전체가 정치에 의해 조형되는 시대가 온 것이다. 그 시대, 모두 바깥으로 나와 깃발을 들고 거리를 질주하던 시대. 우우 몰려다니며 유대인들이 운영하는 상점의 쇼윈도에 돌을 던지고 유대인들을 끌어내어 때렸으며 그들의 가슴에다 '다윗의 별'을 달아주었고, 그들의 호주머니에다 '이스라엘로 가는 원웨이 티켓'을 쑤셔박았다. 그들이 죽음으로 가는 기차를 타는데도 다들 문을 걸어잠근 채 모른 척했으며 이웃이 다락방에 숨겨놓은 유대인을 비밀경찰을 데리고 와서 끌어내기도 했다.

독일 문학에서 가장 많이 읽힌 소설이라는 『유대인의 너도밤나무Judenbuche』를 쓴 이는 시인인 도르스테휠스호프이다. 그녀의 고향은 뮌스터이다. 유로가 생기기 전에 사용되었던 독일 20마르크 지폐에 이 여성 시인의 초상이 들어 있었다. 펜과 너도밤나무의 가지, 그리고 그녀가 이 세상을 떠났던 메르스부르크의 성이 새겨져 있었다. 이 책은 1760년, 베스트팔렌 지방에서 일어난 유대인 상인 살인 사건을 토대로 쓰였으며 1842년에 발표되었다. 이 소설의 근간은 부패와 도덕이 몰살된 한 사회에서 어떻게 진실과 정의가 가려지는가를 묻는 것이다. 한 마을에 언제나 존재하는 폭력, 마을을 둘러싼 숲의 소유권에 대한 지방 귀족과 마을 사람들의 다툼. 이 어두운 분위기 속에서 살인은 일어난다. 우선 주인공 프리드리히의 아버지가 살해되며, 숲을 지키고 지방 귀족의 권리를 보호하던 산지기가 살해되며, 그리고 시민으로서 아무런 권리가 없던 유대인 아론이 살해된다. 도대체 살인자는 누구인가? 살인 사건은 일어났는데 살인자는 찾을 수 없는 상황. 수사가 진행되고 용의자는 심문을 받으나 결정적인 증거는 어디에도 없다. 다만 그럴 수도 있을 거라는 심증만이 난무할 뿐이다. 프리드리히는 결국 그의 도플갱어의 역할을 하는 요하네스 니만드와 마을을 떠난다. 그로부터 28년이 지나 한 늙고 병들었으며 얼굴마저 일그러진 남자가 성탄 전야에 마을로 온다. 그는 오스트리아와 터키 전쟁에 참전했다가 터키인에게 포로로 잡혀 노예로 살다가 왔으며 자신을 요하네스 니만드라고 말한다. 마을 사람들은 얼굴조차 알아볼 수 없이 늙고 병든 그를 거두어들인다.

"네가 이 장소로 가까이 오면 네가 나에게 행한 것을 너도 경험하게 될 것이다."

이 글귀는 유대인 아론이 살해되고 난 뒤 유대인들이 히브리어로 너도밤나무에 새겨놓은 것이다. 독일어로 너도밤나무는 부헤Buche인데 책이라는 말은 부흐Buch이다. 모음 하나에 뜻이 달라지는 이 단어로 그녀는 말의 마술적인 힘을 믿었던 오래된 전통을 불러냈는지도 모른다. 지상의 법이 단죄하지 못하는 죄를 묻는 이 신비적인 힘의 글귀가 새겨진 너도밤나무에 목을 매달고 죽은 이는 요하네스가 아니라 프리드리히였다. 그의 몸에 새겨진 흉터가 그의 정체를 밝힌 것이다. 이 이야기는 어쩌면 나치의 탄생과 그들의 죄에 대한, 한 작가의 다가올 시대에 대한 예감이었는지도 모른다. 나무에 새겨진 비명과 몸에 새겨진 과거의 흔적은 과거로부터 자유로울 수 없는 인간의 운명에 대한 뜨거운 고찰이었다.

그리고 지금.

아호수 곁에서 물을 바라보면 백조들은 헤엄치고 호수 안에는 배들이 돛을 내리고 정박해 있음을 안다. 이 배들은 어딘가로 가려는 배들이 아니다. 시민들의 건강을 위해 스포츠용으로 만들어진 배들이다. 돛을 팽팽하게 올리고 물을 가로질러 가는 젊은이들, 인근 카누 클럽의 남자들이 호수를 왔다갔다한다. 햇빛이 나는 날이 그리 많지 않은 이 도시에 햇빛이 나면 갑자기 도시는 남유럽의 명랑하고 상쾌한 옷으로 갈아입는다. 아호수가 시작되는 곳에 펼쳐진 넓은 풀밭에는 스프레이 낙서로 뒤덮인 시멘트로 만든 지름 3미터가 넘는 공들이 세 개 서 있다. 10년에 한 번 열

아호수 곁의 자이언트 풀 볼스.
이 공들은 스프레이 낙서와 인공 호수와 함께여야만 예술로서의 현장적인 삶을 산다.

리는 뮌스터 조각 프로젝트의 작품 가운데 하나이다. 이 작품은 첫 프로
젝트가 열린 1977년에 '자이언트 풀 볼스Giant Pool Balls' 라는 제목으로 전
시되었던 스웨덴 출신 미국 작가인 클래스 올덴버그Claes Oldenburg의 작
품이다. 서울에도 그의 작품이 청계천에 서 있다. 엄격하고 고전적인 조
각상들만이 있던 뮌스터의 1970년대. 팝 아티스트인 올덴버그의 시멘
트로 만들어진 작품은 사람들에게 현대예술에 대한 많은 생각을 하게
했다고 한다. 예술이 가벼워진 것이다. 예술이 도시라는 공간에서 새로
운 탄력을 입은 것이다. 자신이 살아가는 공간이 일상의 공간에서 예술
의 공간으로 둔갑을 하는 것을 뮌스터 사람들은 겪은 것이다.

그리고 스프레이 낙서. 올덴버그의 작품에는 스프레이 낙서가 가득하다. 낙서는 현대 도시가 피해갈 수 없는 가장 현장적인 예술이다. 게릴라 방식으로 낙서를 도시의 공간에 해대는 예술가이기도 하고 아니기도 한 방랑인들의 작업. 도시를 가장 더럽게도 만들고 또 가장 역동적이게도 만드는 낙서들. 꼭 그곳에 가서 보아야만 그 진가를 알 수 있는, 그래서 이 세계의 모든 갤러리를 무의미화시켜버리는 현장 예술. 자이언트 풀 볼스는 1977년 올덴버그가 만들어 전시한 이후로 세월이 흐르면서 낙서로 채워지면서 야외 설치미술의 진정한 의미를 부여받았다. 시간과 그 시간을 살아가는 사람들에 의해 새로 창조되는 설치미술로서 말이다.

아호수 강안은 독일어로 무제움스우퍼Museumsufer가 되었다. '박물관'과 '강안'이 합쳐진 이 말은 강을 따라 줄줄이 늘어서 있는 박물관과 갤러리의 영역을 뜻한다. 호수를 따라 서 있는 조각 프로젝트의 작품들과 자연사 박물관 그리고 동물원이 이어지면서 이곳은 문화의 시민공원이 되었다. 여름이면 아호수 주변은 콘서트의 무대로 변하기도 하고 여름밤의 아름다움을 즐기는 이들로 언제나 들끓는다. 하지만 이 널널한 공간에도 어두운 구석은 있다.

이 공들 앞에서 밤이면 마약을 사고 파는 이들이 어슬렁거리고 가끔 비상등을 울리며 경찰이 출동하는 광경은 이 전원적인 아호수의 산책길을 전원에서 뛰쳐나오게 한다. 도시의 폐라는 나무숲 사이에서 뒹구는 마약이 들었던 주사기들, 마약을 감쌌던 비닐 용기들…… 호수에서 수상 스포츠를 하는 젊은이들과 배로 만든 버스를 타고 호수를 가로질러 동물원으로 소풍을 가는 가족들이라는 한 사회의 안정적인 모습을 보여주는 이들과 마약으로 연명을 하는 사람부터 마약과 함께 가끔 파티를 즐기는 사람까지, 어떤 의미에서 이 사회가 보여주고 싶지 않은 얼굴이 불쑥 드러나는 이 아호수의 주변.

물이 비추어내는 나무들과 건물들.

탁 트인 시야.

사람살이의 명암이 엇갈리더라도 이곳의 물은 물답게 평화롭다.

아호수의 지난봄은 물이 빛을 바꾸면서 천천히 왔다. 3월이 다 지나가는데도 아직 호수는 겨울의 마지막 발걸음을 붙잡고 있다. 4월은 더더욱 계절을 미궁으로 빠지게 했다. 하루에 사계절이 모두 다녀갈 때도 있었다. 햇빛이 날카롭게 비치는가 하면 눈이 갑자기 덮치다가 다시 햇빛이 드는가 싶더니 우박이 떨어지기도 하고 다시 비로 변하기도 했다. 바람이 불면서 비는 더 거칠게 내리다가 이내 햇빛이 구름을 밀어내버렸다. 물은 이 삼엄한 변화에도 그대로였다. 그러다 어느 날, 봄은 왔다. 뿌옇게 젖어오는 봄의 안개 속 호수 안에 선 늙은 수양버들에는 어린 새의 부리 같은 싹이 텄다. 잠을 자고 있었던 산책길의 나무들도 드문드문 얼어붙은 작은 웅덩이가 풀어지면서 땅을 적실 때 함께 깨어났다. 물새들이 새로 오기 시작하면서 겨울의 음울한 고요에 잠겨 있던 주위 언 공기의 막에 가녀린 틈이 생기기 시작했다. 입김을 불어가며 조깅을 하던 사람들은 잠시 뛰는 것을 멈추고 저 너머에서 안개처럼 자욱하게 짙어져오는 꽃무리를 보고 주인과 함께 새벽 산책에 나온, 원래는 사냥개였으나 이제는 애완견이 된 개는 이제 막 겨울잠에서 깨어나 느릿느릿한 고슴도치를 쫓느라 바빴다.

이 호수 주변을 봄 무렵에 걷는 것은 어떤 의미에서는 봄맞이 산책이 아니라 봄이 아직 먼 것을 체험하는 것과 같다. 좀처럼 봄은 오지 않는다. 그러다 아호수의 오른편에 있는 이 도시의 중앙공동묘지를 지나가다보면 봄은 산 자들이 모인 곳에 먼저 오지 않고 우선은 죽은 자를 거쳐서 온다는 걸 알게 된다. 면적만 14헥타르에 달하고 3만 개의 무덤 자리가 있다는 이 공동묘지의 이름은 '하늘나라'이다. 이름이 그래서인지 이 묘지 터를 지나갈 때마다 죽은 이들이 모여 사는 곳은 이 지상에 있으나 하늘나라라는 생각이 들게 한다. 게다가 이 추운 봄에 무덤 앞에 놓인 선명하게 노란 수선화라니. 아직 수선화의 줄기가 올라오지도 않은 도시의 다른 산책지와는 사뭇 다른 느낌이다. 수선화는 그러나 서리 속에서 얼어가고 있었다. 아마도 온실에서 자랐을 이 꽃이 무덤 앞에서 얼어가고 있다는 게 좀 아프기도 하여 한참을 그 자리에 서 있었다. 그러나 무덤 앞에 놓인 수선화를 본 그날부터 빠른 속도로 봄이 오기 시작했다. 공동묘지에서 얼마 떨어져 있지 않은 '하늘나라로'라는 이름을 가진 식당 겸 찻집에서 커피를 마시면서 바라보는 아호수의 물빛은 몇 시간 전에 내린 눈비에도 아랑곳없이 변하고 있었다.

호수의 오른편에는 뮌스터의 푸른 반지권이 이어지고 그곳의 봄과 여름에는 벼룩시장이 선다. 새벽부터 나와 진을 치는 전문적인 상인들 말고도 집안의 이러저러한 오래된 물건들을 가져다가 진열해놓고 손님을 기다리는 이들이 무척 많다. 전체주의의 암울한 그림자가 가신 자리는 사람들마다 얼마나 다른 삶을 살았는지를 보여준다. 개인의 역사가 들어 있는 물건들, 물건들.

독일에 온 지 얼마 되지 않았을 때 나는 벼룩시장을 자주 찾았다. 기숙사에서 사는 독신이었지만 아무리 혼자라 해도 필요한 것이 필시 생겨나는 법이다. 그때만 해도 나는 당시 독일에서 이렇게 오래 머무르게 되리라고는 미처 생각조차 하지 못했다. 그래서 벼룩시장에 나오는 값싼 그릇이나 냄비, 프라이팬, 숟갈과 포크 등을 쓰다 가리라 맘먹었던 참이었다. 물론 그사이에는 헌책도 있었고 오래된 레코드판, 유행이 지난 외투들, 촛대, 액자, 심지어 신까지 있었다. 아이들도 그들이 더 어릴 적 가지고 놀던 장난감과 그림책을 들고 나왔다. 벼룩시장이 서는 주말, 나는 새벽에 보온병에 커피를 끓여 담고 브뢰첸이라고 불리는 둥글고도 작은 빵에 버터와 햄을 끼운 도시락을 챙겨 나가곤 했다. 누구보다 빨리 가야만 더 좋은 물건을 건질 수가 있었다. 딱히 물건 욕심이 있어서 그런 것만은 아니었다. 개인의 역사가 담긴 물건들을 구경하는 것은 진기한 여행이기도 했기 때문이다. 그리고 아주 가끔 이런 경험을 하기도 했다.

그릇들이 쭉 진열되어 있는 곳에 한참을 서 있었다. 그 가운데 찻잔 세트가 있었다. 사냥꾼이 산토끼를 어깨에 메고 있는 그림이 박힌 찻잔 세트였다. 요즘은 이런 그릇을 볼 수도 없을 거라고 그릇을 팔러 나온 금발의 중년 여인은 말했다. 이 찻잔들은 독일산이 아니라 러시아산이라고 했다. 그릇의 주인인 할머니는 러시아에서 태어난 독일인으로 통독이 되고 난 뒤 독일로 왔는데 얼마 전에 돌아가셨다고 했다. 할머니가 태어난 곳이 어디냐고 물었더니 크림반도 어디쯤 있는 어느 곳이라고 했다. 그러니까 이 그릇은 크림반도의 어느 곳에서 만들어진 것이었다. 가장자리는 조금 깨어졌지만 투박한 멋이 들어 있어서 갖고 싶다는 생각에 값이 얼마냐고 물었더니 나에게는 턱도 없이 비싼 가격이었다. 고개를 살래살래 흔들고 돌아서는데 여인은 3분의 2 가격으로 값을 낮추어주겠다고 했다. 그 역시 나에게는 비쌌다. 기숙사에 저런 찻잔세트를 찬장에 넣어두고 언제 쓸까 싶은 체념을 이미 해버린 뒤였다. 내가 망설이자 여인은 주름이 많은 얼굴을 활짝 펴며 웃었다. 그리고 말했다. 그래요, 차라리 팔지 않는 게 나을 거라는 걸 당신이 가르쳐주는군요! 나는 깜짝 놀라서 그녀를 바라보았다. 왜요? 그녀는 내게 보온병에서 차를 한 잔 따라 건네주었다. 새벽 세시부터 여기에 있었어요. 손님이 벌써 열번째인데 모두 사지 않는다고 하더군요. 열번째 손님이 사지 않으면 집으로 그냥 가지고 가려고 했어요. 할머니는 이 찻잔이 팔리기를 바라지 않는 모양이에요. 나는 얼결에 그녀의 차를 받았다. 아직 오전 아홉시가 되지 않은 여름의 벼룩시장에서 그녀가 나에게 건넨 것은 캐모마일 차. 후후 불면서 마시다보니 말린 꽃이 보온병 컵 밑에 가라앉아 있었다. 지난가을에 할머니가 말린 꽃이라고 여인은 말했다. 지난겨울에 돌아가신, 크림

반도에서 태어난 독일인 할머니. 그 할머니가 지난가을에 말린 차를 올
여름에 내가 마신 것이다. 결혼할 때 장만한 그 찻잔 세트를 여인이 팔려
고 한 이유는 딸아이의 수학여행비 때문이었다. 자신은 이혼을 했고 실
업자라 실업수당으로 살아가는 형편인데 아이의 아버지인 전남편은 양
육비를 주지 않는다고 그녀는 힘없이 말했다. 그리고 그릇들을 주섬주
섬 챙겼다. 나는 다 마신 컵을 그녀에게 내밀었다. 미안해요, 사지 않아
서. 그녀는 환하게 다시 웃었다. 괜찮아요. 처음부터 팔 수 없는 물건이
었다는 걸 알아야만 했어요. 나는 그녀가 짐 챙기는 것을 도와주었고 그
녀는 커다란 배낭에다 물건들을 하나하나 챙겨넣고는 진열대인 나무 탁
자를 접어서 옆구리에 낀 채 손을 흔들며 갔다. 그날 벼룩시장에서 나는
아무것도 사지 않다가 헌책을 파는 청년에게서 이름도 들어보지 못한
시인의 시선집을 한 권 샀다. 시인의 이름은 아네테 폰 드로스테휠스호
프였고 18세기 말에 태어나 19세기 중엽에 세상을 떠난 이였다.

　아호수를 걸을 때마다 그 시집을 가지고 나선 것은 무슨 이유가 있어
서가 아니다. 봄에 물이 차오르는 수양버들이 물속에 가지를 다 빠뜨리
고 흔들릴 때면 타향살이로 마음이 고달픈 적은 있었지만 그 마음을 달
래기 위해 그녀의 시를 읽은 것은 아니었다. 그녀의 시들은 우울한 마음
을 달래주긴커녕 더 깊숙한 우울의 안개를 내 마음속에 피어오르게도
했다. 평생 처녀로 살다가 이 지상을 떠난 그녀에게도 사랑은 있었다. 알
프스 근처의 보덴 호수 곁에서 그녀는 사랑하는 이를 만났다. 하지만 그
녀가 사랑했던 이는 다른 여성과 결혼을 했고 그 여성과 함께 그녀를 찾

아호수 곁을 거니는 연인들에게도 이별은 있을 것이다.
그러니 같이 있을 때만이라도 다정히.

아온다. 그녀는 사랑이 그녀에게로 돌아오기를 열망했으나 결국 불가능한 사랑이었다. 불가능한 사랑 뒤에 남는 것은 시이다. 사랑이 가도 시인은 시를 쓴다. 쓰라린 상처에서 꽃처럼 시는 피어난다.

 아호수를 바라보며, 이 시를 읽으며, 내 일생에 있었던 불가능한 사랑을 생각했던 적이 있었다. 거의 죽을 것처럼 차오르던 열정과 실망 뒤의 아픔으로 얼마나 오랜 세월을 살았는지도 떠올렸다. 그리고 그 사랑의 순간에, 또한 사랑이 떠나가고 난 뒤에 저절로 솟아오르던 시들을 생각했다. 그리고 그 사랑이 나를 떠난 것이 아니라 사랑의 마음이 내 속으로 들어와 거대한 물 흐름을 만든다는 것도 생각했다. 그러니 떠난 사랑들이여, 당신들이 남기고 간 물은 인공 호수가 되어 언제나 변함없이 내 마음에 머물고 있음을 아시라. 어떤 사랑도, 비참하게 배반된 사랑마저도 사랑이었으므로 그 사랑의 마음이 물처럼 흐르던 동안 우리는 얼마나 아름다웠고 삶은 살 만했는가. 물은 흐르고 사랑은 그 밑에 고여 흐르지 않는다.

13

저녁Abend

—라이너 마리아 릴케Rainer Maria Rilke, 1875~1926

저녁은 천천히 옷들을 바꾼다,

늙은 나무들의 가장자리가 붙들었던 옷을;

그대는 본다; 그리고 그대로부터 땅들은 떨어져나간다,

하나는 하늘로 올라가고 하나는 떨어진다;

그리고 그대를, 어느 쪽에도 완전히 속하게 하지 않으며,

침묵하는 집처럼 그렇게 마냥 어둡지 않으며,

밤마다 별이 되고 올라가는 그 무엇처럼

그렇게 마냥 영원을 맹세하지 않으며—

그리고 그대 삶을 (말할 수 없게 풀어놓기 위하여)

그대에게 근심스럽게 두며 커다랗게 그리고 영글게 두며,

그리하여, 곧 경계가 그어지고 곧 이해할 수 있으며,

그대 속의 돌이 되다가 별이 되다가

쿠피어텔Kuhviertel에서 프라우엔 거리Frauenstrasse로
—마음의 시대

저녁은 참 이상한 시간이다. 무너지기 직전의 몸을 새로운 꿈의 시간으로 어릿어릿 데리고 온다.

원래 우시장이 있던 곳, 이라는 골목에서 저녁을 맞이한다. 이름도 소라는 뜻의 쿠Kuh, 촌이라는 의미의 피어텔Viertel이다. 이곳에서 저녁을 자주 맞이했던 이유는 단순하다. 이 거리의 이름 때문이었다. 저녁에 이 거리를 걷다보면 내 고향의 소들이 길게 우는 소리가 들릴 것 같았다.

내 고향의 우시장. 저녁이 되면 소의 울음은 노을이 되어 잦아졌다. 소의 불알은 고요히 뒷발 사이에서 모든 성욕을 감춘 채 수그러들었다. 팔리지 않은 수소는 마치 다시 새 생명을 맞이하지 않을 듯 노을 속에서 검어졌다. 검어진 소의 성기는 여자아이가 들여다볼 것이 아니라고 어른들은 말했지만 소녀는 어두워지는 시간의 나이테에 늙은 소의 성기가 어둠보다 더 자욱해지는 것을 보았다. 저 소는 더이상 생식을 하지 못할 것 같았다. 그 어눌하고도 검어지는 테두리의 시간은 참혹하고도 아름다웠다. 더이상 새로운 생명을 잉태하지 않는 성기의 어두워짐은 섭리 같았다. 날것인 자연의 비릿한 테두리, 그 시간의 저녁. 발자국이 움푹해지는 시간. 이런 시간을 관찰할 수 있었던 아름다운 한 생애의 순간.

릴케는 「저녁은 나의 책Der Abend ist mein Buch」이라는 시에서 "그리고 나는 첫 장을 읽네,/ 친근한 음은 기쁘게 하네,/ 그리고 나는 더 낮은 목소리로 두번째 장을 읽네,/그리고 세번째 장에서 이미 꿈을 꾸네."라고 했다. 저녁은 그런 시간이다. 낮에 온 열정을 다하여 일을 해야 했던 몸이 꿈을 부르며 단잠이 오는 밤을 기다린다. 몸은 아마도 알고 있을 것이다, 완벽한 단잠을 잘 수 있는 조건이 현대를 살아가는 인간에게는 없다는 것을. 모든 통신이 바닷속에서 땅속에서 하늘 속에서 삼엄한 거미줄처럼 겹겹이 쳐진 상태. 정작 소통을 해야 할 소중한 이들과의 소통은 불가능한데도 스마트폰을 들여다보느라 거북목의 증상을 앓고 있는 우리들에게도 그러나 저녁은 시간의 경계라는 불가사의한 공간을 만들어낸다. 그 시간 동안 우리는 밤을 무사히 보낼 약속을 만들고 지하철에서 짜부라지면서도 약속 장소로 가기도 하고 허기진 야근을 증오하면서 허깨비가 되어가는 자신을 바라본다. 도시의 빌딩, 창문으로 태양은 다른 대륙으로 가고 밀린 일과 다가오는 시간의 허망함 사이에서 하루를 구기는 시간. 백 년 전 시인 릴케가 세번째 페이지만 읽어도 벌써 꿈을 꾼다, 라고 말하던 그 시간대를 우리는 잃어버렸다.

그건 참혹한 일. 과거에 어떤 거리를 그리도 와자지껄하게 채우던 사람들이 사라진 것을 피부가 소름처럼 알아차리던 것만큼 참혹한 일이다.

백여 년 전 이곳에는 집시와 극빈자가 되어 고향을 떠난 사람들, 주로 칼갈이, 광주리 짜는 사람, 빗자루 만드는 사람, 거지들이 모여 살았다고 한다. 그들은 이 사회에서 가장 천대를 받던 사람들이었다. 극빈자들 사이에 끼어 고물상, 차력사, 점쟁이, 날치기, 소매치기, 오르겔을 켜면서 동냥을 하는 사람들도 있었다. 거리는 더러웠고 점잖은 사람들은 이곳을 피해 다녔다. 욕설과 주정이 난무하고 한 발자국만 떼도 옷자락을 붙잡으며 구걸을 해대니 누군들 달가워하랴. 거리에 나와서 광주리나 빗자루를 짜는 사람들, 여기저기 널린 빨래들, 오물이 흐르고 악취가 진동했던 거리.

그 사람들……은 이제 이 거리에 없다. 2차대전으로 이곳은 완전히 폐허가 되었다. 나치 시절, 그들은 나치의 목록에 "이 사회의 구성원으로는 적합하지 못한 자"로 낙인찍혀 어디론가 끌려가기도 했다. 전쟁이 끝난 뒤에도 그들은 이 거리로 다시 돌아오지 않았다. 그리고, 그렇게 시간이 흘렀다. 이곳에는 지금 학생들이 사는 집들, 주점들, 뮌스터의 전통음식과 맥주를 파는 레스토랑들, 갤러리와 오래된 안경점, 어른들을 위한 장난감가게, 미장원이 좁은 골목을 빼곡히 채운다.

아침과 오후까지 여기는 조용하다. 가끔 문을 여는 젊은 화가들의 공작소 앞에는 화구들을 운반하는 차가 서기도 하지만 가끔 학생들이 자전거를 타고 다닐 뿐 정적이 흐른다. 닫힌 창문들, 아직도 탁자 위에 걸상이 올려져 있는 주점들 사이에는 어젯밤의 열기가 이 거리를 덮고 있는, 네모진 검은 돌로 만들어진 이 길 위에 뒹군다.

　이 거리의 시작은 1816년에 세워진 알트비어(전통적인 독일 맥주)를 만드는 핀쿠스 양조장Finkus Brauerei이다. 핀쿠스는 뮌스터의 맥주이다. 황동빛의 맥주는 쌉쌀하고도 맑다. 술로도 마시지만 여름에는 설탕에 절인 과일을 함께 넣어 알코올이 든 음료수로도 마신다. 핀쿠스가 생길 때만 해도 뮌스터에는 150여 개의 맥주 양조장이 있었다고 하는데 지금

쿠피어텔은 저녁이 와야만 거리가 깨어난다.
깨어난 거리는 그리고 금방 취해간다. 어제저녁도 그랬다.

은 이곳 하나만 살아남았다. 해가 긴 여름날 늦은 오후 무렵, 양조장 앞
에 놓인 의자에 앉아 맥주 한 잔을 마시면서 저녁을 기다리면 가끔 이곳
에서 사라져간 사람들의 모습이 흑백사진처럼 보이는 착각이 들기도 한
다. 스러져가는 햇살, 차오르는 어스름 속에서 백여 년 전에 이 자리에
살았던 사람들이 스스로 돌아와 떠나기 전에 중단했던 일들을 다시 손
에 드는 느낌. 차력사는 차력을 하고, 날치기는 지갑을 훔쳐 도망가고,
빗자루를 엮는 아낙들은 사위어가는 햇살 속에 밀짚을 털고, 오르골은
돌아가고, 아침부터 노동을 감내하느라 독주를 마신 사내들은 골목 어
딘가에서 쓰러져 잠이 들고…… 하지만 이것은 환영일 뿐, 릴케가 노래
한 대로 "저녁이 옷을 바꾸는" 시간에 드는 환영일 뿐. 더구나 양조장에
서 나는 꼭 술지게미를 찌는 것 같은 냄새 속, 일렁거리는 옅은 알코올의
기운이 합작을 하며 들게 하는 착각일 뿐.

　이곳에 있는 전통적인 레스토랑에서 파는 음식들은 기름지고 양이 많
아 언제나 반쯤만 먹고 접시를 돌려주는 것이 예사이다. 5월이면 독일인
들은 가자미를 먹는데 잘게 썬 베이컨을 올린 구운 가자미를 빼고는 여
기에서 접시를 싹싹 비울 수 있는 음식은 하나도 없다. 검은 프라이팬에
담겨 나오는 달걀 프라이 밑에 든 둔중한 돼지고기, 돼지의 내장에다 피
를 채워 만든 소시지, 구운 돼지의 등뼈 등등 장정이 두엇 달려들어 먹어
도 포만감이 올 만한 양이다. 게다가 볼륨이 있는 맥주까지 한잔하고 나
면 며칠 동안 뭘 먹을 생각조차 잊어버릴 만하다. 독일 전통음식은 이 거
리의 주점을 자주 찾는 학생들 사이에 유행처럼 번지고 있는 채식주의

에는 가공할 만한 적이다. 고기와 감자가 주를 이루고 약간의 채소를 곁들이는 이 음식들을 젊은이들은 더이상 찾지 않는다. 하지만 이 나라의 식문화 전통을 살펴보면 고기의 양이 많은 식사는 그리 오래된 일이 아니다. 이 나라에서도 고기를 먹는 것은 일요일에나 가능했고 고기 섭취가 점점 증가한 이유는 배고픈 전후세대들 때문이라고 사람들은 말한다. 전쟁을 겪지 않고 독일 경제 기적 이후에 태어난 많은 독일 학생들은 동물보호를 위해, 그리고 고기를 얻기 위해 자연이 파괴되는 현대의 대규모 사육 산업에 대항하며 채식을 한다. 극단적인 비건vegan들은 벌들이 모으는 꿀조차 먹지 않으며 유제품도 먹지 않는다. 두부와 콩은 비건 슈퍼마켓의 일등 인기 상품이다. 또한 그들은 동물의 털이나 가죽으로 만든 물건들을 반대하고 심지어 신조차 동물 가죽으로 만든 것이면 신지 않는다. 그들은 핵발전소와 핵폐기물 처리 시설 문제 때문에 대규모 시위를 벌이기도 하고 고급 차를 경멸하며 자전거를 타고 더이상 무언가를 소유하기를 꺼린다. 가지고 있는 무언가로 자신의 신분을 과시하려고도 하지 않는다. 이것은 하나의 물결이며 생활 속의 작은 운동이다. 물론 다들 그렇지는 않다. 여전히 이 사회의 또다른 젊은이들은 더 높은 곳으로 올라가기 위해 과도한 경쟁 스트레스에 치이고 번아웃 증후군에 시달린다. 취업에 대한 걱정과 직장을 잡고 나면 갚아야 할 국가로부터 빌린 학자금, 자꾸만 올라가는 집세, 아르바이트를 하며 사는데도 살 수 없는 턱없이 비싸기만 한 책값.

주점에 불이 하나둘씩 켜지고 이 거리를 어슬렁거리는 사람들이 늘어나면서 거리는 술렁이기 시작한다. 마치 신전에 불이 켜지면 신도들이 하나둘씩 모이는 것처럼. 이곳의 주점은 해피아워에 무한 리필로 마실 수 있는 칵테일에서 맥주, 간단하고 값싼 요깃거리를 팔고 라이브 음악이 연주되며 밤이 깊도록 왁작거린다. 피곤한 학생들이 오는가 하면 이 거리 주점들의 소문을 듣고 찾아오는 관광객도 있다. 하지만 여기에 와서 하루의 피곤을 달래는 사람들 가운데 이 거리의 백 년 전을 알고 있는 사람은 드물 것이다. 기억은 그렇다. 백 년 전, 그렇게 악명 높았던 이 거리는 이미 사라지고 다른 시간에 다른 공간이 생겨나면서 그 공간을 드나드는 사람도 바뀐 것이다. 그게 슬픈 이유는 저녁 때문만은 아닐 것이다.

이 거리를 떠나 위버바서 성당을 지나면 바로 보이는 작은 고서점 ‘졸더Antiquariat Solder’가 있다. 이곳은 독일 제2공영 텔레비전ZDF에서 내보내는 사립탐정 시리즈 〈빌스베르크Wilsberg〉의 무대이다. 이 시리즈의 주인공인 빌스베르크가 고서점의 주인으로 설정되어 있다. 전직 변호사였던 그는 어떤 이유에서인지 변호사 인증을 잃어버리고 팔아봤자 겨우 집세와 보잘것없는 생활비만을 벌 수 있는 고서점을 운영하면서 손님을 받는다. 이 시리즈는 뮌스터와 뮌스터 주위에 있는 지역에서 일어나는 범죄 사건을 담는다. 지방 귀족과 행정관리, 학생들이 들끓는 이곳에서 일어날 수밖에 없는 범죄들이 코믹하게 그려지는데 이 시리즈의 바탕은 뮌스터를 배경으로 쓰이는 범죄소설들이다. 독일은 각 지방마다 그 지역의 작가들이 그 동네에서 일어날 법한 일을 바탕으로 문학을 하는 경우가 종종 있다. 서점에도 고향을 뜻하는 ‘하이마트Heimat’라는 이름이 붙은 탐정소설을 위한 특별한 코너가 마련되어 있다. 범죄만큼 한 지역의 색을 잘 드러내주는 일이 있을까. 이 지역에서 일어날 법한 범죄들은 이 지방의 자연, 역사, 사람을 극명하게 보여준다. 별 볼 일 없이 늙어가는 고서점상 빌스베르크의 이야기들은 그래서 대학과 학생들, 관청과 농부들, 대안 에너지 산업들, 옛 귀족의 부패한 자손들 사이에서 벌어진다. 서점 '하이마트' 코너에 서면 그래서 마음이 더 심란하다. 나는 여기에 살고 있으되 여기는 내 고향이 아니다. 내가 이 거리를 백번 거닐고 이해한다고 해도 나는 이곳 사람이 아니다. 이것도 저녁이라서 할 수 있는 생각이다. 어떤 땅은 하늘로 올라가고 어떤 땅은 떨어진다고 릴케는 말하지 않았는가.

고서점에서 모퉁이를 돌면 우선 개신교회에서 운영하는 학생의 집이 나오고, 전문 서적을 판매하는 서점들이 보이고, 학생들을 위해서 가격이 다른 곳보다 조금 싼 빵집도 보이고, 복사와 제본을 겸하는 가게도 나온다. 그리고 역시 휴대폰 상점이 보이고 문구점, 피자와 파스타를 파는 이태리 식당이 나온다. 프라우엔 거리Frauenstrasse. 이 거리에 왜 여자의 복수를 뜻하는 프라우엔이라는 이름이 붙었는지는 알 길 없지만 이 거리를 유명하게 만든 것은 '프라우엔 거리 24'라는 이름이 붙은 주점이자 식당이다. 지금은 케밥, 터키식 피자와 맥주와 와인을 팔고 문화행사가 열리는 곳이지만 이곳은 1973년에 도시의 좌익 청년들에 의해 점거를 당한 역사를 갖고 있다. 2차대전 후 보기 드물게 남은 유겐트 양식(19세기에서 20세기 초의 독일의 건축양식)으로 지어진 이 집을 시에서는 철거하겠다고 했고 청년들은 그 결정에 반발해서 집을 점거했다. 집을 강제로 점거하는 일은 1960년대 후반과 1970년대 독일 학생운동의 중요한 무기였다. 그 가운데 가장 격렬한 싸움이 일어났던 곳은 프랑크푸르트였다. 거리에서는 학생들과 경찰관들 사이에 가두 싸움이 벌어지고 몽둥이와 각목이 날아다녔고 최루탄이 뿌려졌다. 프랑크푸르트의 이 싸움은 기존에 있던 낡은 건물을 철거하여 새 건물을 지으며 부동산값을 올리려는 투기자에 대한 싸움이자 자본을 옹호했던 정치와의 싸움이었다. 이 싸움은 당시의 전체 학생운동과 맞물려 커다란 반향을 불러일으켰다. 그때 경찰에 대항해서 싸웠던 이들 가운데 가장 유명한 이가 나중에 외무부 장관을 지낸 녹색당 출신의 요시카 피셔Joschka Fischer이다. 뮌스터의 프라우엔 거리 24는 점거 뒤에 점거자들의 모임으로 집의 권리가 넘어갔다. 이 행복한 결말 덕분에 이 건물은 지금도 대안적인 식당과 카페, 주점으로 이 도시에 남을 수 있었다.

이 건물을 뒤로 두고 보이는 큰길 너머에 뮌스터 성이 있다. 그리고 그 성 너머에는 전 세계에서 온 수많은 식물들이 살아가는 대학 식물원이 있다. 저녁 무렵, 성 쪽을 바라보면 세속의 권력을 가진 주교를 위해 세워졌던 옛 성의 정원을 구부정한 허리를 하고 가죽가방을 든 채 걷는 나이 든 교수들이나 자전거를 타고 달리는 학생들이 보인다. 지금 이 건물의 주인은 대학이다. 대학의 본부로 쓰이는 옛 성 앞에는 그 어떤 권력자도 남아 있지 않은 채 다만 주인이 된 시민들이 존재할 뿐이다. 그렇게 권력의 저녁은 저물어갔고 옛 성도 노을에 잠긴다.

쿠피어텔에서 프라우엔 거리로

완벽하게 망설이는 시간인 이 저녁.

릴케의 시를 읽으며 멀리 보이는 옛 성을 보고 있으면 아무것도 정해지지 않은 저녁이 이 도시에 서서히 검은 옷을 덮어주며 떠나는 것이 보인다.

시멘트,

벽돌,

유리,

철의 장막.

우리의 시대는 물질적으로는 철기시대이나 나는 우리의 시대를 '마음의 시대'로 부르고 싶다. 닿지 않는 마음과 마음 사이에 천천히 어떤 공간이 부풀어오르며 저녁의 마술이 찾아오는 시대. 완벽하게 망설임을 완성하는 시간. 학생들은 늦은 시간에도 공부를 하느라 도서관에서 나오지 않고 더러는 이미 인근의 주점에서 술을 마시고 또 어느 건물에서는 늦은 강의가 펼쳐지며 그렇게 하루는 저문다. 아직 목마르지 않은 이들은 눈으로는 보이지 않으나 느낄 수는 있는 마음의 시대 어느 골목을 걸을 것이다.

Epilogue

고독을 위한 지도 베끼기

내가 아는 어느 고고학자는 지도 베끼기가 취미였다. 지난해 여름에 나는 알자스로 그를 찾아갔다. 그가 살고 있는 마을은 젊은이나 아이들은 거의 없고 대부분 노인들이 지키고 있었다. 마을마다 흔하디흔한 빵집 하나 없어서 가까이 있는 다른 마을에서 매일 아침 빵을 실은 차가 왔다. 초등학교에 다닐 아이들이 없어서 학교도 문을 닫았다고 그는 말해주었다. 그는 그곳에서 아내와 함께 살고 있었다. 그의 집은 길가의 산등성이에 있었다. 길을 두고 들판이 펼쳐 있어서 그의 테라스에 앉으면 실뭉치처럼 생긴 양들이 느릿느릿 풀을 뜯고 있는 모습을 볼 수 있었다. 길과 들판 사이에서 맑은 물이 흘렀는데 가까이 다가가서 보면 물 안에는 작은 송어들이 헤엄치고 있었다. 빵 차 앞으로 느릿느릿 휠체어를 타고 온 할아버지들은 기다란 바게트를 사서 다시금 느릿느릿하게 집으로 돌아갔다. 베란다마다 붉은 꽃들이 만발해 있었고, 집집마다 한 그루쯤 있는 미라벨 자두나무에는 아직은 푸른 미라벨 자두가 빼곡하게 들어차 있었으며, 잡벌레를 방지하기 위해 심어둔 호두나무에서 호두가 푸르게 매달려 있었다. 사과나무와 늙은 배나무 사이에 지나가는 바람은 과일의 무게에 겹쳐진 달콤한 유혹을 실어나르다 여름의 천둥과 번개 속에서 숨을 거두곤 하였다. 오래된 교회의 첨탑 위에는 철로 만든 닭이 햇빛 속에서 고개를 빳빳하게 든 채 이 마을을 내려다보았다. 그 철닭을 바라보며 오후의 음식으로 구운 닭가슴살을 씹어가며 하늘을 바라보던 노인의 손마디는 마치 오래된 포도나무처럼 구부러져 있었고 마디마다 마디가 져 있었다. 굴곡이라는 말이 너무나 걸맞은 순간. 그리고 그 모습은 단 한 단어, 고독이라는 말로 표현될 수 있었다. 아름다운 것들이 뼈에 젖은 고독의 모습으로 서 있는 풍경.

퀴팅겐 대학(독일 남쪽에 있는 어느 대학)에서 그는 고대 오리엔트의 지도를 만드는 연구소에서 일했다. 그가 만드는 지도들은 고고학자들이 연구한 자료를 바탕으로 작성되었다. 이를테면 기원전 10세기의 오리엔트 왕국들, 구 아시리아 시대의 무역로, 히타이트와 이집트 왕국의 대전쟁 경로, 기원전 20세기의 금속 탄광 분포도 등등. 이미 이 시대의 지도에서는 사라진 이들의 전쟁과 정치 영향권, 경제와 문화를 지도로 복원하는 일이었다. 내가 다니던 대학의 연구소에도 그가 만든 지도들이 지하에 있는 사료실 캐비닛에 들어 있었다. 그 지도를 나는 자주 들여다보았다. 이미 이 세계에서 사라져버린 문명의 흔적들. 전쟁, 약탈, 커지는 새 왕국의 영토와 쪼그라드는 옛 왕국, 결국 이 모든 것을 흔적으로만 남겨두고 그들은 이 세계에서 사라져갔다. 그리고 그것은 언젠가 올 우리

고독을 위한 지도 베끼기

의 운명이기도 할 것이다.

내가 그를 방문했을 때, 그는 이미 은퇴를 한 뒤였다. 나는 그가 이끄는 발굴팀의 일원으로 시리아에서 일을 한 적이 있었다. 발굴소의 이런 저런 일로 스트레스를 받을 때 그는 밤이면 램프를 켜고 세계지도를 베끼곤 했다. 다녀온 곳도 있었지만 대부분 그가 가보지 못한 곳이었다. 북시리아의 작은 마을은 건조지역이라 구름 한 점도 없는 밤하늘을 매일 볼 수 있었다. 깊은 우물 같은 하늘에는 별이 선명했다. 멀리서 양을 지키는 개들이 맹렬하게 짖는 소리만이 이 외진 곳의 정적을 깨고 있었다. 동남아시아에 있는 나라들의 지도를 정성스럽게 베끼던 그에게 나는 어느 날 밤 발굴 보고서를 작성하다가 물었다. 그곳에 가고 싶으세요? 그는 잠시 연필을 놓고는 대답했다. 그럼요. 나는 다시 물었다. 왜 지도를 베끼세요? 바보 같은 내 질문에 그는 웃으며 말했다. 먼 곳을 그리고 있으면 스트레스가 풀려요.

그와 그의 아내, 그리고 나는 테라스에 앉아 오후의 햇살 속에서 커피를 마셨다. 나는 그에게 다시 물었다. 요즘도 지도 베끼세요? 그는 소탈하게 웃으며 대답했다. 그럼요. 그런데 요즘은 가고 싶은 곳을 베끼지 않고 내 생에는 가보지 못할 곳만을 베껴요.

어린 사과나무에는 몽글거리는 사과가 아무 소리를 내지 않고 익어갔고 마실을 나갔던 고양이가 돌아와 문 앞에 둔 오목한 그릇에 든 물을 마시고 있었다. 오후의 햇살이 가득 든 고양이가 가만히 앉아서 졸음을 맞이할 채비를 하고 있는 모습을 보다가 나는 그가 요즘 베낀다는 지도가 보고 싶어졌다. 아마도 그 지도들에는 그의 꿈이 들어 있을 것이다. 이 생에서는 더이상 이루지 못할 꿈이 든 지도들이 나는 무척 보고 싶었으나 주책없이 보여달라고 할 수는 없었다. 시리아에 무시무시한 전쟁이 나고 난 뒤 그는 다시는 그가 사랑하는 고대 도시의 발굴장으로 돌아갈 수 없었다. 전쟁은 길고 또 길었다. 끝난다 한들 그 비극의 와중에 발굴을 할 이기심이 그에게는 없을 것이므로 그는 다시는 사랑하는 고대 도시로 갈 수가 없었을 것이다. 나는 우리가 함께 일했던 곳을 떠올렸다. 우리는 이미 발굴된 집터를 돌아보기도 했고 길들을 거닐기도 했다. 그리고 더 깊이 묻혀 있어서 다음 시즌으로 미루었던 집들, 길들, 사람들이 쓰던 물건들에 대해서 이야기를 나누기도 했다. 땅 밑에 있는 흔적들은 미지였으므로 설렜고, 돌아온 우리들은 그 미지를 삽질로 걷어낼 생각으로 들떴다. 하지만 이미 갈 수 없는 곳이 되어버린 고대 도시는 졸고 있는 고양이의 털 사이에 어린 여름 햇살처럼 멀고도 아득했다.

그날 밤 나는 그의 집에서 묵었다. 내가 잠을 잔 방은 2층이었다. 목골집이라 내가 잔 방 천장에는 검은색으로 칠한 전나무로 된 들보가 있었다. 창문 역시 전나무였는지 방에는 은은한 나무향이 났다. 인색한 연금으로 이 집을 장만한 내 스승이 가련하고도 자랑스러웠다. 창문을 열고 바깥을 바라보니 하늘에는 별이 총총했고 집 뒤에 있는 숲에서는 여름 라일락의 향기가 들판 쪽으로 흐르고 있었다. 문득 그가 더이상 갈 수 없는 곳이라 생각한 데가 그가 사랑하는 시리아에 있는 그 고대 도시가 아닐까 하는 생각이 들었다. 나는 라일락의 향기를 잡으려는 듯 손을 바깥으로 펼쳤다. 바람이 불어도 그처도 향기는 계속 나는데 잡을 수가 없었다. 꿈과 인간의 관계 같았다. 꿈을 본 것 같아서 잡으려 할 때마다 잡히지 않는 꿈. 향기 역시 잡으려는 인간의 손가락 사이를 빠져나가 그냥 지나친다. 다만 향기만이 있을 뿐이었다. 모든 살아온 장소들이 어쩌면 지나간 꿈이거나 다가올 꿈은 아닐까 싶었다. 라일락 향기 속에 밤하늘의 별들은 하염없이 빛났다. 저 별에도 우리는 갈 수 없으리.

어쩌면 지금 내가 창문을 열어놓고 바깥을 바라보고 있는 동안 이 세계의 어느 한구석에서는 알자스의 이 작은 마을에 오고 싶어서 지도를 베끼는 이가 있을지도 모르겠다는 생각이 들었다. 내가 떠나온 고향, 그리고 서울도. 또한 이 세계의 별 같은 도시들을 누군가 지도를 펼치며 바라보기도 하겠다는 생각도. 인간들이 사는 곳은 아름다움만 있는 것이 아니라 추악하고 더럽고 어수선스럽기도 하겠지만 그곳에 가보지 못한 이들에게 그곳은 또한 별이다. 어두운 골목, 악취가 나는 하천, 가난한 이들의 구멍가게, 거리에서 꽃을 파는 할머니들, 종이박스를 산더미처럼 쌓아올린 리어카를 끌고 가는 소년들, 우는 사람이 서 있는 버스 정류장, 아이스크림을 먹으며 롤러스케이트를 타는 아이들, 가보지 못한 모든 곳들의 이미지 덕분으로 설레는 먼 곳들.

고독할 때마다 지도를 베끼는 습관이 든 것은 꼭 그곳에 가보고 싶은 생

각이 들어서 그런 것만은 아니었습니다. 그곳에 그대들이 걸고 있을 것 같아서 어두운 밤에 지도를 베끼고 있더군요. 그대들이 있어야만 장소는 장소가 되지요. 저 먼발치에서 그대들이 아이스크림을 먹고 있을 것 같은, 아니면 책을 읽으며 누군가를 기다리고 있을 것 같은, 그대들의 일터, 전철, 아침 길, 눈 오는 밤길, 이제 막 불이 꺼지는 그대들의 창들이 이름을 얻은 공간이 되어 살아나는 느낌.

뮌스터를 걸으며 불러보았던 수많은 그대들에게 이 글을 드립니다.

걸어본다 05 | 뮌스터

너 없이 걸었다

ⓒ 허수경 2015

초판 1쇄 발행 2015년 8월 15일
초판 7쇄 발행 2021년 8월 8일

지은이 허수경
펴낸이 김민정
편집 김필균 도한나
디자인 한혜진
마케팅 정민호 김도윤
홍보 김희숙 함유지 김현지 이소정 이미희 박지원
제작 강신은 김동욱 임현식
제작처 영신사
펴낸곳 난다
출판등록 2016년 8월 25일 제406-2016-000108호
주소 10881 경기도 파주시 회동길 210
전자우편 nandatoogo@gmail.com **트위터** @blackinana **인스타그램** @nandaisart
문의전화 031-855-8865(편집) 031-955-2696(마케팅) 031-955-8855(팩스)

ISBN 978-89-546-3545-5 03810